Taeko Kuzuhara

新版

百珠百華

葛原妙子の宇宙

塚本邦雄

Kunio Tsukamoto

書肆侃侃房

新版　百珠百華——葛原妙子の宇宙＊もくじ

凡例

一、本書は『百珠百華――葛原妙子の宇宙』（花曜社、一九八二年刊）の新版である。葛原妙子、塚本邦雄、前川佐美雄、齋藤茂吉の歌を含めた作品の引用は旧字体・旧仮名遣い（上記以外の作者の引用については新字体・旧仮名遣い）、本文については新漢字・新仮名遣いを基本とした。また、再刊された『百珠百華――葛原妙子の宇宙』（砂子屋書房、二〇〇二年刊）も参照した。ただし、明らかに誤字脱字と思われるものは改めた。

一、葛原妙子の作品の引用は、塚本邦雄が本書執筆時に参照したと考えられる『葛原妙子歌集』（三一書房、一九七四年刊）と『鷹の井戸』（白玉書房、一九七七年刊）に準じつつ、『葛原妙子全歌集』（砂子屋書房、二〇〇二年刊）および各歌集も参照した。雑誌など歌集以外が出典として記載されているものについては、原典通りを基本とした。

一、ふりがなは『百珠百華――葛原妙子の宇宙』（花曜社）の通りとしたが、一部必要に応じて読みを追加した部分がある。

一、現在では差別的、不適切と思われる表現に関して、著者が故人であることに鑑み、そのままとした。

新版　百珠百華——葛原妙子の宇宙

装幀　柳川貴代
装画　Rachel Ruysch

百韻朗朗

先蹤《せんしょう》のない文学はない。すべての短歌は広義の本歌を持っている。真の独想・独創を期するならば、作家は、たとえばエスペラント語のような「新しい言葉」の創造から始めねばなるまい。また、たとえば、そのエスペラントすらラテン語という先蹤もしくは本歌があることに思い到れば、潔癖にそれらを拒み通す時、少なくとも詩歌人は唖になる他はないだろう。その唖になることすら、死その他種種の方法によってことばを絶った先人のミミクリーを演じていることになるのだから、残された「創造」など皆無ということになる。

絶対的な独創が不可能であるゆえに、かつはまた、相対的な独創にしろ至難の技と知るからに、人はその塁《るい》を摩《ま》そうとする、個性横溢、歌風鮮烈の作品を恋うる。その、絶対にひたと身を寄せた相対、本歌はありつつ、本歌を凌《しの》ごうとする本歌取りにあくがれ、稀に現れるその典型的な作品を絶唱と呼び、その作り手に天才の名を献ずる。

先蹤必ずしも障害ならず、本歌常に畏怖・迷惑の対象でないことは自明である。むしろこれを知悉し、これを吸収し、これを土壌として新しい花をうち開くことこそ詩歌人の要諦であった。「紫式部、歌よみの程よりも物書く筆は殊勝の上、『花宴』の巻は殊に優あるものなり。源氏見ざる歌よみは遺恨の事なり」なる名言を吐かせた、六百番歌合《うたあわせ》における「枯野」の「見し秋を何に残さむ草の原一つに変る野辺の景色に」に対する、右方人《みぎかたうど》の陳難『草の原』聞きつかず」にしても、必ずしも、俊成の一喝に恥じてばかりいる要もなく、「先蹤」の複雑微妙な存在と、本歌取りのむずかしさを洞察した、俊成に劣らぬ名言とも、考えようでは言えるのではあるまいか。

すなわち「草の原」が源氏出典の言葉であることくらい、時の右方人も十分に承知していた。右は家房・経家・隆信・慈円・寂蓮・家隆、従来、九條家・御子左家系《みこひだりけけい》歌人の作品への陳難は例外なく六條家系《ろくじょうけけい》歌人とのみ考えられる傾向があったが、この「草の原」にしても、別に経家の言とは限るまい。「源氏見ざる歌よみ」どころか、読破したからこそ、「草の原」が、この「花宴」では塋域《えいいき》・墓所として用いられており、朧月夜内侍の歌などそう解さねば意味不明になる。だからこそ、右方人は「墓所聞《くさのはら》きつかず」と言ったのだ。

古歌に「草の原」を一首の中にまじえた例は三十や五十ではきくまい。源氏以前にも多多あろう。だが、「花宴」で最もクローズアップされた、墓の忌詞《いみことば》風表現としての用語をば、事もあろうに、歌合歌に用いるとは、「聞きつかず」と、幾分の諷刺をも添えて方人は発言した。そして、しかも皮肉なことに、良経自身は、決してこの「草の原」に、源氏物語的、忌詞風の意味など、いささかも期待してはいないのだ。

閑話休題、私が、葛原妙子作品解釈鑑賞に際して意を用い、かつは苦慮し、なおその上に、かえって興に乗り、愉楽の限りを尽したのも、この本歌探索であった。妙子歌の本歌探しは、広義にしろ狭義にしろ、一首の迷路巡りであり、八幡の藪知らず逍遥に他ならなかった。だからこそ懊悩はそのまま歓喜となり、苦痛はすなわち快感と背中合せになっていた。「草の原」は到るところに繁っており、それをどう解釈するかは、みずからの中なる俊成と右方人と、ふたつながらの意見の他に、良経すなわち妙子の胸中を忖度する必要があった。一首一首にそれを試みるなら、一首に五十枚を要し、百首は五千枚の量となるだろう。それを、私の独断と偏見によって百首二百五十枚に縮めた時、歌は、とある一つの角度から見た面のみ、特殊な光を放つこととなった。そして、私はそれ以外の何をも求めなかった。歌における「独創」の限界を極めるかに見えるこれら作品群に、生ぬるい、一知半解の「解説」や「註釈」など更に不必要である。

今日、一首の歌に、たとえば五十枚の鑑賞欲を唆《そそ》るような例がいかほどあろう。そのような歌の作り手が何人いるだろう。稀有であり、常に例外的な存在と言わねばなるまい。その点で葛原妙子は齋藤茂吉と、見えざる線で結ばれている。かつて私は両者についての見解を「紅衣光驅」〈「短歌」55年5月〉にしたためた。そして意の半ばは尽したように思う。残る「半ば」のその七割方は満たそうと、この「百珠百華」の執筆を思い立った。

繰返すが、妙子の歌に茂吉の本歌取りが、有る無いなどと論《あげつら》っているのではない。歌はその作者の、怖るべき混沌の中から湧き上る、魔の韻律であることを、この二人くらいまざまざと感じさせてくれる歌人は稀であることの、側面的な解明として、私は筆を走らせた。そして、それはそのまま、自分自身の作品へ懸ける夢でもあった。その意味でも、私は今日までのあらゆる妙子作品鑑賞文に慊《あきた》りなかった。作者の洞察力を時としては上廻ろうとする洞察力がなくて、どうして鑑賞が可能となるだろう。私以外にそれをなし得る者はいない。そう信ずることに支えられて、私はこの数年来、茂吉秀歌の鑑賞を延延と続けて来たし、この「百珠百華」もまた、それに準ずる不遜・傲慢な希求の所産ではある。

私は時として、私にこうまで鑑賞欲を唆る作品に嫉妬した。往往にして、あるいは作者が意図していないであろう世界にまで立入り、敢えて消し去ろうとしたかも知れぬ資料にまで言及しているのは、そういう焦慮のなせる業である。作者がただ一言、「花」と歌った時、その一首には花の持つ、あらゆる概念が集積され、すべての要素が匂い立つ。それを証するために、私は「百華」を、負けじと動員せねばならぬ。玲瓏たる二顆の珠玉の触れ合いを、言葉を以て伝えるには、私は百顆の珠をかき集めて、それを再現せねばならなかった。人はそれを空しく、贅《おご》った所業と蔑するだろうか。

否む者は否めばよかろう。だが、一歩進んで沈思するなら、一珠に百珠、一華に百華の照応こそ、すなわち、歌と文との苛烈な対照であり、鬩《せめ》ぎ合いを現じているのだ。散文では五十枚でも及ばぬ、とある次元の、とある劇が、三十音内外の韻文詩の核として宿り得る不可思議を、私は徒労を承知で証明してみせようと試みた。他山の石、などではない。わが城の宝玉である。妙子が「草の原」と歌う時、それはパミール高原でもあり、アンダルシア地方でもあり、かつはまたおのが心中のパンパスにも通ずるのだ。俊成程度の智慧ではとてもかなうまい。私は時として全智全能でありたいとさえ願った。

葛原妙子の好む主題、歌の飛翔する次元の、幅の広さ、底の深さ、振幅の激しさは定評があり、事実、私はそれに随伴するため、まさに奔命に憊《つか》れた。その快い疲労が、次の作品の深みを探り、醍醐味を味到するための活力を与え、想い出すさえ戦慄的な百首遊行が全うできた。望外の栄誉であり、またとない研鑽の機会であった。

わが歌にわれの紋章のいまだあらずたそがれのごとくかなしみきたる　『橙黃』

百合は不吉の花なるやも蒼白き百合の紋無き紋帖を閉づ　『薔薇窓』

思えば「われの紋章のいまだあらず」を当時の「短歌研究」編集長中井英夫氏に教えられて

から、既に三十年の歳月が流れた。今日私は、この「百珠百華」の紋章として、ルイ王朝の貴婦人よりも豪奢な百合花紋、たとえば銀の百合文様を捧げたい思いしきりだ。紫の地に、六弁六雄蘂の聖花を、この書のための文庫の黒漆地に象眼することを幻想しつつ私はまた、新しい旅に立とう。草の原は、いつの日か百合の野と変るだろう。

百珠百華

アンデルセンのその薄ら氷《ひ》に似し童話抱きつつひと
夜ねむりに落ちむとす

『橙黄』「霧の花」（晶々）

歌の中の「童話」とは何を指すのか。数多有る中の、「人魚姫」か、「雪の女王」か、「マッチ売りの少女」か、あるいはまたこれらを含めた童話集か。いずれにせよ、彼の作品は冷やかな感触と透明な情趣を持ち、まさに「薄ら氷」の儚いきらめきを纏って顫えているようだ。「童話・抱きつつ」と、上・下句にわかれつつわかれがたい、この就眠儀式の一情景は、あたかも、省かれた主語、多分幼児が、半透明の氷の薄片を、その小さな胸に載せているような錯覚すら与え、一夜の眠りの、夢のあわれにも思い及ぶ。

幼顔凭《よ》りつついねむ膝にして月晶々と水の如きあり　（晶々）
子の寝ねてしまへばこれの一丘に瞬くはかすかにわれのみと知る　（斧）
幸福とふ言葉覺えしをさな子は抱《いだ》けるときにいくたびも云ふ　（萌黄）

詞書あり、「昭和十九年秋、單身三兒を伴ひ信州淺間山麓沓掛に疎開。防寒、食糧に全く自信なし」と。作品そのものは、詞書を離れて自立する。否、詞書を不可欠の前提とせねば成立しない歌を、私はごく一部の例外以外、敢えて採ろうとは思わぬ。この月光、この瞬き、この幸福という語、すべて、時間を超越して存在し得る。幼子はアンデルセンの童話を抱く時、普遍性の高みで微光を発するだろう。傍にはうら若いサンタ・マリアの幻影が顕ち、その頬は、遥かにそそり立つ活火山の稜線を映す。

　私は時として、この「童話」に「絵なき絵本」を想像して楽しむ。荒寥殺伐たる日日の終りに、作者もまた、幼児同様、様様の就眠儀式を必要としたことであろう。アンデルセンは、なかんずく「絵なき絵本」は、その時、母をさえ慰める「お伽噺」となろう。それかあらぬか、この物語を構成する三十三夜の主人公は「月」であり、天空に夜夜「晶々と水の如き」光りを零らしつつ、下界のすべてを目撃する。殊に最終の夜は、就眠の祈りを捧げる幼児達を、窓掛の隙間から覗いていた。『橙黄』開巻第二首の眺めに近い。

　コペンハーゲン市庁舎には、斜に天を仰ぐアンデルセンの坐像が、散歩道ランゲリニエには俯いた人魚の坐像がある。醜貌のために、あるいは性癖によって、ついに一生女人と縁のなかったアンデルセンと、彼が創り上げた。下半身魚の悲劇的な少女の像。二人を繋ぐのも、はりはりと砕けて肉と心を刺し、かつ冷す薄氷のような愛であった。

あらそひたまへあらそひたまへとわが呟くいのちのきはも争ひたまへ

『橙黄』「霧の花」（萌黄）

　ほとんど呪文を思わせるこの三十五音の連なり。流麗に、一応は見えつつ、実は怖るべき字剰りで、躓くような律調を匿し、七・八・六・七・七と、末は穏やかに歌い納める。「たまへ」を三回繰返して、恭しく言上する体ながら、その内らは、実は係争・相剋を奨めそそのかし、かつは祈っていたのだ。祈られているのは果して誰か。

　誰であろうと、かかる呪詛連禱を贈られるまでには、それ相当の紆余曲折、波瀾万丈の歳月を閲《けみ》したことと思われる。作者はその修羅を目撃しつつ、なすすべを知らぬ一人であったのかも知れない。傍観を強いられたか、傍観以外なす術がなかったのか、あるいはかたくなに、その態度に執したのか、いずれかは不明ながら、「いのちのきはも」という、極限を指す第四句には、最早愛想尽かしすれすれの憐憫の響きすらひそんでいる。

　このような棄台詞に似た言挙げは、むしろ裸のままの、平俗な喧嘩口調の方が、かえって、幾分かは清《すが》しかろうに、声を殺したかの敬語表現が、一際冷やかに、刻薄に耳を刺すようだ。刺すことは承知の上で、しかも、そのようにしか願い得ぬことに、作者は涙を飲んでいる気配である。「わが呟く」なる六音の第三句は、わが身、わが心を、一歩離れて眺める趣、この句なかりせば、一首は危く指嗾《しそう》に傾いたことであろう。

　　書の扉閉ざしあらそふあらそひにまづときめきをこひねがふなれ　『原牛』「原牛」（日記）

「あらそひ」の主題が、同語反復を示す例は、『橙黄』と『原牛』に、引用の各一首を見るのみであり、命令形敬語表現反復例は「橙黄」のこの一首の後は絶えて見ない。思えば「あらそひ」とは含みの多い言葉であった。「闘争」には遠く「紛争」はニュアンスを異にし、「喧嘩」よりは控え目で「競争」に悪意を加えた感がある。大和言葉の持つ徳であり、同時に曖昧さであろうが、歌は、ために優雅となり、しかも深い陰翳を加える。

　あらそう者は、その敬語表現と、前後の関連作品から推して、作者の長上、尊属と考えて差支えあるまい。殊に父母である可能性は濃い。だが、そのような臆測も更に無用である。背後の事実が必須な条件なら、作者は傍証作品を鏤め、詞書を添えるのに吝《やぶさ》かではなかったはずだ。「たまへ」と跪《ひざまず》くがの姿勢で乞い祈るべき対象に、しかも、死の際までの争いを望まねばならぬ苦《にが》みと苦しみの、その片鱗を記し残したかったのだろう。

わが繼母《はは》が白き額に落ちゆきし山川いづことおもふ
にもあらず

『橙黄』「霧の花」(萌黄)

作者の「私的秘奥《プライヴァシー》」に深く関っている歌であることは、「繼母《はは》」一語でもそれと察せられる。生母・継母の存在と血縁の脈絡を推測するのではない。この作者にして、この変則的な、好ましからぬ振仮名を敢えて採用したことへの、むしろ慊焉《けんえん》の情を含めての嗟歎《さたん》である。事によっては、逆に敢えて「繼母《けいぼ》」「繼母《ままはは》」と訓《よ》ませ、発音した方が、当然のことに自然であり、厳しく苦《にが》い響きが一首の底に奔るだろう。そして、それくらいのことを、作者が知らぬはずはない。私には、この「繼母《はは》」の振仮名の下に、数多の抹消と修正の痕跡が透いて見える。この「はは」は、それゆえに「ままはは」の見消《みせけち》以上に悲しい。

散文的な語法や論理を斜《はす》に見下して、「白き額に落ちゆきし山川」と歌い放った時、読者の脳裏には、血の気の失せた、薄幸を予想させるような、初老の女人の面に、一瞬白山か妙義山かは知らず、峨峨たる山稜と、そこから迸《ほとばし》る流れの、冷やかな光と影の反映が閃くに違いない。

その細みの勝ったやや不吉な幻像こそ、一に「繼母《はは》」なる変則ルビの齎《もたら》すものだった。しかもその生さぬ仲の「母」は、「繼」の烙印を搔き消しながら、山川の瀬の鳴る空間に、ましぐらに落ち、かつ墜ち続けて行く。

われを育てたまはざりにし未知の母未知なるままに死にたまひしと　「橙黄」（眞珠星）

抱かれし記憶なき母死にたまひわが肩にしも觸るることなし　同

ちりぢりに入りたまひたる墓みえず父あらはれず母あらはれず　（幻出でず）

テームズを霧のとざさむことあらば汝のしらざる母をたしかめよ　『原牛』「原牛」（日記）

ふた瞼ひらける暗き夜あけがた白木の斷面に亡母《はは》は立ちゐき　『朱靈』「夕べの聲」（發光）

「母」「亡母《はは》」「未知の母」と「繼母《はは》」の間にある差異を探りたい人は探ればよかろう。私は感ずるのみで十分であり、歌とは知らせるものならず思わせるための韻律であった。私の思いは、作者の、血縁に関する歌が、時として異様に熱く、逆に例外的に冷やかなことの、そのゆえよしを釈《と》く幾つかの鍵の一つに、この「繼母《はは》」と、そこから派生的に生れた要因があることに、ふと安らぎ、かつまた騒立《さわだ》つ。この歌の制作時、作者自身も既に、「母」と呼ばれる身であったゆえに、おのが「母」と「繼母」への思いもただならぬものであり、事実、「白き額に落ちゆきし山川」の調べは、凄じい哀悼に充ちている。

すごき聲に山鳩啼けりといにしへも歌ひたらずやわが谷深し

『橙黄』「霧の花」（水炎）

いにしえとは十二世紀、西行家集「山家集」の雑、「題知らず」に「古畑の岨《そば》の立つ木にをる鳩の友呼ぶ声の凄き夕暮」があり、新古今集の雑歌中にはこの歌、第三句が「ゐる鳩の」となって入撰している。西行の代表作の一つであり、同時に西行的体臭の濃い秀歌であるが、必ずしも有名ではなく、大方の人は吉野の桜の作や、百人一首歌をむやみに推している傾向が見える。だが、この「鳩」は、同じく新古今秋の「きりぎりす夜寒に秋のなるままに弱るか声の遠離かりゆく」や、冬の「津の国の難波の春は夢なれや蘆の枯葉を風渡るなり」と共に、西行の最高作十首の中に数え得る歌であろう。

　妙子に古歌連想は必ずしも多くはない。それも西欧ならまだしも指を屈する頻度も重なるが、王朝歌などは稀用例に入ろう。その中で、撰りに撰って「山家集」が、突如現れ、しかも「凄き夕暮」であることが愉しい。勿論古歌に鳩の現れることはほとんど無く、思い出すとすればこの一首くらいではあろうが、反射的に西行というのもまた珍しく、作者がこの歌を含めて、西行の作に親しみ、多分、後鳥羽院の口伝の、手離しの称讃とはいかほどか隔ったところで、この骨のある詠風を珍重していたかとも推察できる。

まどろみのたゆき日東京は燃えてゐし人燃えてゐし山鳩啼きて　（水炎）

いかなるおほき鳥かと怪しめる山鳩は啼く、ででっぽう　ででっぽう　同

あたたかき薯のぬくみに坐しをれば黒き鳩など抱けるここちす　（橇）

風落ちし裸木の闇をうつりゆく鳥あり卑しきこゑに啼きつつ　（泥濘）

郭公の呼應に交るほととぎす啼きのせはしくうづまく青葉　（蘚苔）

時と処を明記して、当時の切迫、動転、恐惶《きょうこう》を察し、鳩の声の喚起する荒寥たる雰囲気を語るべきであろうか。否、それは日誌の類に委ねよう。敗戦直前の某中、信州浅間山麓とのみ記憶すればよい。「わが谷深し」と吐息と共に歌い収めた結句は、第四句「歌ひたらずや」の、重い反語切れを受けて、暗澹たる未来、悲惨な過去の、その二つを繋ぐ時間の谷間に立つ作者の心理を伝える。伝えて剰すところがない。「歌ひたらずや」「歌ひたらずや」、問いかけても念を押しても、ついに自問自答の他は無かった。もし応ずる者ありとすれば、それは七世紀を隔てての、佐藤義清《のりきよ》の声のみであったろう。

水かぎろひしづかに立てば依らむものこの世にひとつなしと知るべし

『橙黄』「霧の花」（水炎）

水陽炎が立とうが立つまいが、現世で、依るに足るものなど何一つあるはずはない。ないが、そう観《かん》ずるまでには、よほどの歳月を、経験を必要とするだろう。しかも、たとえそう覚《さと》ったところで、口に出して言った刹那、その一語はたちまち常識もしくは野狐禅の偈《げ》めいて、聞くに耐えぬ臭気を帯びるだろう。殊に「知るべし」の「べし」は魔の助動詞であり、「知れ」「知らねばならぬ」「知り得る」「知るだらう」等等、前後の関係と文脈によって、さまざまに揺れ動き、作者みずからへの言葉であることを知っての後も、なお、いささかならぬ抵抗を感じさせることだろう。

だが、この歌では、その障りを「水かぎろひ」が救済する。「ば」が援護する。万葉の「玉《たま》蜻蜓《かぎる》　髣髴《ほのかに》所見而《みえて》」はもともと陽炎の表現表記であった。野に炎えてさえ、ほのかに儚いものを、水面の反映による陽炎は、ドゥビュッシーの楽音さながら、微妙でとらえがたい。「旅への誘い」の「見よかの運河《カノー》に」のその運河にゆらゆらと立昇る水陽炎にしても、あるいは「野守」の白斑の鷹の映る忘れ水から生れるそれであるにしたところで、水から生れる焔の、その冷やかな熱さ、見ることができても触れることも摑むこともできぬ現象のいらだたしい存在は、依存不能、憑依不能のあわれに通うものがある。

第二句の「ば」の勁《つよ》さはこの一首を背後から支える。もしこれが「立たば」「立つて」「立てり」「立ちて」等のいずれかであったとしたら、一首は俄に揺れ、やがて崩れるだろう。「立たば」はその中で、最も採り易く、しかもその結果生温《なまぬる》く、低徊趣味を漂わす最悪の措辞であり、作者の性格は決して宥《ゆる》さなかっただろう。

霧の花しらしら咲ける山みれば夫よかの世よ杳《くら》かりにけり　（霧の花）
白き砂塵ガラス一重に劃《かぎ》りたる莫々の春に摑むものなし　（乾く）
萌黄の芽しづかに垂れし落葉樹にみ入らむひと日はしばし遠つ世　（萌黄）

再び三度、制作の時に鑑賞の座を戻すなら、敗戦直前の信州沓掛、この世の地獄を離れ遁《のが》れて来ても、命存《ながら》えれば存えるで、苛責の薄らごうはずもなく、「かの世」も「莫々の春」も「遠つ世」も、虚無の一次元に暗い残像のように浮び、作者は生そのものを疑い、さりとて、単なる無常観に閉じ籠るすべもない日常であったろう。

さびしもよわれはもみゆる山川に眩しき金《きん》を埋めざりしや

『橙黄』「霧の花」（過ぎにけらしな）

この幻想の金は虚無のきらめきを以て、人の心を呪縛する。「山川《やまがわ》」と訓《よ》めば砂金がふさわしかろうが、この場合は、金は掘り出され、掬《すく》い上げられたものではなく、作者が幻想裏に埋めたのだ。金貨であれ、装身具であれ、美術品であれ、それは地中の闇でさえ輝やきやまぬ。否、闇ゆえに輝やき、かつ地上にもその光は漏れ出る。

　それにしても、「さびしもよ」の初句切は虚を衝くような嗟歎《さたん》の声である。ひそかに、囁くように発せられるゆえに、一入耳をそばだたせる。しかもその寂しさとは、埋蔵の記憶も朧な、正確には、埋めた事実など全くないにもかかわらず、あったと、敢えて錯覚したいような山川の、ただならぬ華やぎの齎《もたら》すものであった。あまりにも豪奢瑰麗《ごうしゃかいれい》を極めるゆえにかえって危く、かつ不吉な自然の、秋の、天変地異に似た相が、作者を惑わすのであろう。昭和二十年、敗戦直後の信州の秋を憶えば、その異常なまでの澄みと華やぎは、鋭く心に映り、蘇るだろう。天変地異以上の大異変であったことは断るまでもない。

音絶えし白銀の日に目とづればとほき緋の山散るもみぢ谷　（虹）
辛夷《こぶし》咲く林なりけむをちこちに雲母のごとき曇《くもり》かかりたり　（萌黄）
砂金のごとく陽にきらめけるをみなへしこころ貧しくみるべきならず　（凜々《りり》）
喪のいろのたぐひとおもふもんぺ穿き山の華麗に向はむとする　（過ぎにけらしな）
水皺《みしわ》かすかに池の面《も》にあり銀杏樹《じゅ》のいまか崩れむ鬱金《うつこん》を盛る　「橙黄」（醞釀）

この歌集「橙黄」の跋に、歌が生涯の支えになるか否かには疑義を抱き、生命の危機に直面した時、制作欲は殺《そ》がれつつ、「だがさういふ時自分を取巻くもの、殊に自然の美しさは格別であつた」との記述が見られる。敗戦は「さういふ時」の一種、否、公と私のいずれにとっても極限状況に他ならず、自然もまた、この危険な時間に呼応して冴え極まった。黄金郷《エル・ドラード》幻想はその一つの現れであり、白銀・雲母・砂金・鬱金の眩《くるめ》く光耀は、状況が暗ければ暗いほど、危険度が高ければ高いほど、ただならぬものとなって迫った。

一億戦死の日日から一億総懺悔の季を通じて、まこと、この作者の痛恨事を私が代って指摘するなら、「眩しき金《きん》を埋めざりし」ことであったかも知れぬ。だが、この「地獄の一季節」を生き凌いで後、彼女自身が黄金伝説の主人公の一人と化変するのだ。

「老辻樂師《ライエルマン》」歌ひつつくる霧の人もと軍人《いくさびと》山をくだる
と

『橙黃』「霧の花」（過ぎにけらしな）

うらぶれた乞食さながらの街頭芸人、筒琴《ライエル》を鳴らしつつ喜捨を乞う男《マン》の孤独な姿は、作者シューベルト自身の、若い晩年の象徴ではなかったか。死の前前年、二十八歳、失意と貧窮の中にあって、縷縷《るる》と書き綴ったあの重い調べは、殊に望みと誇りを喪った人の唇に上《のぼ》すには、これ以上ふさわしいものも他にあるまい。

ヴィルヘルム・ミューラーの詩篇二十四の中には、たとえば他にも、当時のシューベルトが殊に心を寄せたであろう幾つかがある。第三番の「凍れる涙」、第九番の「鬼火」、第十二番の「孤独」、第十五番の「烏」、第十六番の「最後の希望」等等、そして最後に「老辻楽師」が、悲哀と悔恨の止めを刺すかに置かれる。世には第十一番「春の夢」こそ、作者の自信作であり、永遠の佳曲と称えられるが、人は様様であろう。

将校は私服となりてちかづけり霧深き谷に靴音ひびく

（過ぎにけらしな）

ちかぢかとあなちかぢかと戰爭に吹き寄せられし顏すれちがふ　同

すべての人すべての日は去りけらしつめたき部屋を明け放ち置く　同

掲出の「軍人《いくさびと》」と、引用三首中の「將校」や「戰爭に吹き寄せられし顏」が、果して同一人格であるか否かは分明ではない。だが、昭和二十年晩秋初冬、打ち拉がれ、途方に暮れつつも、なお、敢えて生き直さねばならぬ人人が、決然と、あるいはふてぶてしく居直って、何処かをさし、踏み出す風景が、そしてそこに描き出される神聖喜劇が、この数首の背後にはある。なかんずく、この「もと軍人《いくさびと》」は象徴的な存在であった。

最後の、第二十四曲「老辻楽師」を口遊《くちずさ》むからには「ヴィンターライゼ」のおおよそは諳《そら》じていたことだろう。たとえ中の、有名曲の幾つかにしたところで、この旧軍人がゲルハルト・ヒュッシュあたりのレコードを秘蔵、愛聴し、少からぬ素養を持っていたであろうことは疑うべくもない。歌うのも勿論、意外に明晰な原語によっていたに違いないのだ。そのような職業軍人も、確かに稀にはいた。そして、霧の中、すれちがいざまの、あるいは、その前後のたまゆらに、歌の何かを聴き分けた作者は、このたまゆらの間だけにしろ、同じ世界に生きる人ではなかったか。「私服となりて」とは、軍服の時も知っていることである。一つの「劇」が、この歌の終った瞬間から進行する。

とり落さば火焔とならむてのひらのひとつ柘榴の重みにし耐ふ

『橙黄』「橙黄」（禮《ゐや》）

幾百の、鮮血の色の顆粒犇く石榴は、秋の果実の王であった。それも悲運の僭王と言うべきか、炸裂した。創口さながらの割目の無慙《むざん》な美しさは、声を失うばかりだ。薔薇科植物の果樹は、たとえば桜桃・杏・苺・枇杷、花とその実には著しい懸隔がある。更に柿、葡萄、橄欖等、ありとも見えぬ花と豊醇な果は、わが目を疑うばかりだが、石榴は初夏六月の朱も鮮やかな、炎え立つような花は、明らかに晩秋の美果を予告する。

そのかみこの植物は、安石国から唐へ瘤のような果実を結ぶ木として渡ったと聞く。すなわち「安石榴木」。今日見るペルシアの石榴も、カリフォルニアから来る石榴も、裂罅《れっか》を見ない。彩色陶製小壺とも見えるつるりと円い実である。しかもその味には、さして烈しい酸味もない。「とり落さば火焔とならむ」と感じさせるのは、完熟して四分五裂した実たるべきか。それにしても醍醐三宝院の訶梨帝母《かりていも》像に見る石榴など、火と血の幻像を誘うには最もふさわしかろう。

作者の殊に愛する所以もこの辺にひそむのか。

秋の蜂柘榴をめぐり鋼鐵の匂ひを含むけさの空なり　（禮《ゐや》）
十月の地軸しづかに枝撓む露の柘榴の實を牽きてあり　同
禮《ゐや》をつくし相語らばや放膽にはぜし柘榴は陶《すゑ》に置かれつ　同
ひややかにざくろの傳ふる透徹をたなそこ惜しめこころゆくまで　同
柔和なるわが居まはりの視野越えて柘榴燃えたつきのふもけふも　（刻命）
七月の青空にいのち刻むもの寂《せき》々としてざくろは緋なる　同
ひとところ破屋となりしわが家に咲ける柘榴の闇ふかきかも　同

歌集『橙黄』中に燃え出でた石榴の実と花は、他の植物を凌いで独特の、圧倒的な迫力を有《も》つ。「禮《ゐや》をつくし相語らばや」と望む相手は、歌の埒外に在る誰かではあろうが、一瞬私は、石榴をこそ、作者が畏敬する面語の対象に選んだのではあるまいかと思う。そして、むしろ、そう思いこませた時、この歌はただならぬ迫力を秘めて自立するのだろう。鋼臭の秋空、石榴を引く十月の地軸、掌に惜しむ透徹感、柔和な環境、寂寂と命を刻むもの、破屋の闇、これら悉《ことごと》く、石榴の花と実の持つ火と血、紅と緋と対蹠的《たいしょてき》な、寒冷と暗黒の主題であった。妖果石榴はその後も作者の魂の深みに発光し続ける。

花ひらくこともなかりき抽象の世界に入らむかすか
なるおもひよ

『橙黄』「橙黄」（星の位置）

つつましく初初しい芸術信条の告白であろう。「抽象の世界に入」ることが、一種の異端であり、冒険であり、あるいはために身を亡ぼす試行にもなりかねないことは、当時の作者は既に承知していたことだろう。あるいは予感の段階であったとしても、然るべき心構えはひそかに持っていたはずだ。謙虚と初心は文体の持つ陰翳による印象であって、このような大事を、かく仄かに「宣言」するのは、よほどの矜持を秘めている証拠とも言える。「われは抽象の世界に入らむ」と歌われていたら、私は敬礼してそのまま通り過ぎたかも知れないし、延《ひ》いては、その後の象徴世界は生れなかったろう。

　だが、この不思議な二句切は一体何処へ懸ろうとするのか。あるいは懸るまいとするのか。完全な二句切として一旦思考を止め、微妙な間《ま》をおいて、さて新しい世界を望み見ようとするのが一つの受取り方であり、今一つ、心をよぎるのは、倒置法としての二句切である。「〈われかつて〉花ひらくこともなかりき。〈さらばいざ〉抽象の世界に入らむ〈わが、今の〉かすかなるおもひよ」と、私は取るし、取らねばなるまい。そして、しかもなお、「抽象の世界に入らむ〈わが〉かすかなるおもひよ。〈それすらかつて〉花ひらくこともなかりき」とする負《ふ》の回想体が、ふと浮び、かつ消える。一首を歌集の中に戻し、その上で作者自身の過・現・未を考え合すなら、後者の解は、殊に「花ひらくこともなかりき」の否定は、たとえ善意にせよ謙譲の悪徳に類する。たとえば、今ここに、この一首が生れた事実さえ、「花ひらくこと」の明らかな証であった。

天球儀戀ひてねむりしゆめならめ透明の玉かさなりめぐりぬ　（霧の花）
フラスコの透明に似し秋日《しうじつ》のわれの歩みに従《つ》きてくる山　「霧の花」（凜々《りり》）
兇《まが》つ影走り去りたり透かしみる枇杷の一樹は黒く立ちたり　（星の位置）

作者は既に、夙《つと》に、抽象把握の営為を試み、既に、夙に、その初花を咲かせ初めていたのだ。それは作者自身が熟知している。かつて短詩形の世界では「抽象」を狭義の、やや歪められた意味の「写実」の対極に位置させていた。西欧芸術思潮における「アブストラクト・アート」や、「具体」に対する美学上の「抽象」とはいささかならず径庭はあろうが、それらのすべてに関りあうような、広義「抽象」を想定しておこう。

殲滅といふは軍《いくさ》言葉なれ鏖殺といふは魔の言葉なれ

『橙黃』「橙黃」（遡行）

字にこだわるなら「殲《せん》」も和訓は「みなごろしにす」と動詞に用い、「鏖《おう》」はまず名詞として「みなごろし」と訓《よ》み、動詞「みなごろしにす」が派生する。「殲」には、原則として名詞用例は見ない。ともあれいずれも、悉皆《しっかい》息の根を止める謂であり、その禍禍しさは、最早人間界を越え、際限もなく堕ち、地獄に達する言葉の一つだ。

確かに「殲滅」は軍隊用語であった。軍隊、殊に旧陸軍には、実に奇妙な漢語趣味があって、欧米からの輸入用語で、元来は日本に存在しなかった事物・風俗・現象をすら、一つ一つ、依怙地なまでに漢訳せねば止まなかった。ズボンの軍袴はまだしも、シャツを襦袢《じゅはん》として、殊更に音便濁音化を拒んで清音発音を強いた。大和言葉は軟弱で、志気に悪影響を及ぼすと考えたのか、これまた一切漢語に置き換えて、野蛮な自己陶酔に耽っていたようだ。その漢語にさえ、またまた奇妙な去り嫌いがあり、どのように残酷に、いかに徹底的に殺し尽そうと、絶対「鏖殺」とは言わなかった。稀用漢字を厭うなら、両者にさほど差があろうとも思われぬ。さしも残虐非道を極めた旧陸軍さえ、「鏖殺」の語感には、見事に位負《くらいま》けして、口に出しかねたのではあるまいか。

ソ聯參戰二日ののちに夫が吳れしナルコポン・スコポラミンの致死量
「霧の花」（過ぎにけらしな）

狂ひたる高官戰爭責任者おののきて狂ふよしとしきこゆ　（烈霜）

轍音絶えざる部屋に絶えたまふおほき戰火《いくさび》なべてをうばひぬ　（滅したまひぬ）

軍靴みだれ床《ゆか》踏む幻聴のしばらくありあかつきのをとめはしらしらとねむる　（刻命）

人生における主義信仰のたぐいを口外することは、作者にとって詩歌の埒外に属したはずである。政治的色彩を帯びた告発や主張は沙汰の限りであったはずである。だが、その作者に、「殲滅といふは軍《いくさ》言葉なれ」と歌わせたのは、骨身に徹るほどの戦争の毒であった。「魔の言葉」の風下に立って、得得と「みなごろし」を叫んだ軍隊への、たぎるような呪詛は、例外的な歌として生れ出ねばやまなかった。例外ゆえになお、これらの作は記念さるべきであろう。公式的な呪戦歌・厭戦歌、戦犯弾劾歌など、下の下の、詩歌の屑と信じた上で、なお唇を洩れる憎怒と憤悪の言葉に耳を傾けねばなるまい。これらの歌あるゆえに『橙黄』の、その詩魂の彩は更に鮮明の度を増すはずである。

早春のレモンに深くナイフ立つるをとめよ素晴しき人生を得よ

『橙黄』「橙黄」（眞珠星）

　下句を先に読むなら健康無害、明朗潔白、醇風美俗信奉者の、後輩に対する餞別の辞以外のものではない。アプレゲールなる和製仏蘭西語が流行し、女子も既に端倪《たんげい》を許さぬ不羈《ふき》の気性を誇り始めた頃であるから、このような言葉を聞いたら、そのおざなりの発想と修辞に、不敵なせせら笑いを洩らしたかも知れない。「素晴しき人生を得よ」とは見事な虚辞である。何も言わなかったに等しい。否無言で立ち尽していた方が、遥かに効果的な贈物となった公算大である。しかし、この歌は、単なる贐詞ではなかった。

　少女《おとめ》か処女《おとめ》か、いずれにせよこの妙齢はレモンにナイフを突き刺している。しかもそれは「深く」、ぐさと突き立てられた。ありふれた仕種、無意識の所業ではあろうが、常凡であり、無作意であればなお、一瞬、反射的に、私は肝を冷やす。淡黄紡錘形の柑橘、芳しい檸檬《レモン》は、掌上に載せて、その爽やかな存在を愉しむべきであろう。まして早春、森羅万象がフィルターで漉されたような陽光を浴び、悲しいほどに空気の澄んだ季節、ナイフを用いるなら用いるで、いっそ小口から薄片に削ぐのが常道ではあるまいか。歌中のナイフは切先《きっさき》を果肉に食入らせたままである。檸檬《レモン》は深手を負って瀕死の状態だ。しかも、その時、「素晴しき人生」への示唆と勧誘とは、何と微妙で皮肉な計らいか。

「クレーヴの奥方」を伏せしその處女《をとめ》目に追ひし青年の揶揄のするどし　（眞珠星）

をとめの日わが持たざりし堅忍を祕めつつ汝《なれ》がまなこ燃えむか　同

一顆のレモン滴るを受くる玻璃の皿てのひらにあるは薄ら氷《ひ》に似る　（雛菓子）

柑橘の鋭《と》き香ひびける早春の稀薄の空氣いのちを磨がしむ　同

思春期と覚しいこの檸檬処女《レモンおとめ》が、作者の分身か、血縁か、創作された人格かは知らず、早春、春寒料峭《しゅんかんりょうしょう》の候、冱え返る大気の中に迸る檸檬の香と、鋼線のように勁《つよ》く鋭敏な処女の感性と意志は、明らかに、かつての作者を、かつはまた作者の内部にまだ息づいている無垢の険しい部分の反映であった。潔く、それゆえにこそ無慙な、うら若い魂が、ここに裸となって立ち竦み、慄えつつ十方を睨んでいる。「素晴しき人生」などという綺麗事はこの時、作者も、この言葉を奉られる処女も、てんで信じてはいない。そして信じられないために、この空疎な言葉は、この時、たぐいない光を放とうとする。

ちちのみの父を葬りし日の晩霞濃かりしことはのちも思はむ

『橙黄』「橙黄」（滅したまひぬ）

肉親を主題とした悲歌は、労せずして絶唱たり得る例が多い。万葉大伯皇女《おおくのひめみこ》の大津を悼む作から、『赤光』の「死にたまふ母」まで、枚挙に遑《いとま》のないくらい浮んで来よう。歌集『橙黄』に見る「滅したまひぬ」一連二十五首も、この挽歌詞華の系譜に加えて、いささかも見劣りするものではない。劣るどころか、娘が父を悼む珠玉作として「空前」の頌詞をほしいままにする一例とさえ考えられる。『葛原妙子歌集』中には、創作ならぬ、架空ならぬ血縁、眷族《けんぞく》を歌ったと推察される作が相当数に上る。母・継母・娘に始まって、兄・父を交え、夫を加え、下婢までも勘定に入れるなら、絢爛として凄惨な「家族合せ」の詩歌版が、たちまちに編み得るだろう。それは一冊の、相当なヴォリュームを持つ選集とすることも容易ではあるまいか。装釘にセガンティーニ描く「よこしまな母達」あたりを使用したら、定めし画期的な、劇的選歌集が生れるに相違ない。

執しましいのちかすかに終りましぬ六月二日ののきを傳ふ雨　（滅したまひぬ）

戰爭の最中《もなか》の父に茫々と日向の遠き丘なかりしや　同

ふたつまなこ暗く死にたる父のゐて生けりし父のわが手に無し　同

永別の父をさながらに見せむとすわが手觸《た》るべきぬくき父あらず　同

倚らしめむ一樹だになし火葬場の白晝に骨を抱きて立てり　同

ぬくみうせし骨壺を擁《いだ》く殘生の父をうばひしは錯覺なりしや　同

病みまして心弱りし老い父が初めて吾に甘えましし日の記憶よ　同

作者が血族・縁者を見る目はおおよそ冷やかに澄み、時には厳しく拒み、また皮肉な憐憫の情が纏わった。だが、ただ二つの例外として、父と弟への辞は、ほとんど甘美と言ってもよい情趣がこめられている。甘美に傾くまいと、みずからに冷静、淡泊を強いているふしがうかがわれるほど、歌は高音に、最上級に近い敬語を鏤《ちりば》めて、目も彩な挽歌絵巻を繰り展げる。「生けりし父のわが手に無し」「わが手觸《た》るべきぬくき父あらず」「父をうばひしは錯覺なりしや」「父が初めて吾に甘えましし」、これらの修辞の、口疾《くちど》な、喘ぐような響きには、父を独占しようとする渇きと悶え、逆に法悦に似た充足がこもごも現れかつ消える。「父」は、常に理想像として顕ち、その相貌は聖像《イコン》に似つつあった。

奔馬ひとつ冬のかすみの奥に消ゆわれのみが纍々と
子を持てりけり

『橙黄』「橙黄」（紋章）

駿馬一頭、冬霞の彼方深く奔り去る。これのみで圧倒的な、しかもかすかに潤みを帯びた大景がまざまざと眼に浮ぶ。「われのみが」、勿論「のみ」であるはずはない。だが、敢えて断言した時、この一幅の森羅万象図の左下には、子を数名率いて、何かに立ち向おうとする女人の、豊かな、そのくせ愁いの勝った、ただ一人の後姿が浮ぶ。右、天の彼方には、最早朧となりつつある「奔馬」の、鋼色の臀。馬と女人の間を隔てるのは、ただ縹緲《ひょうびょう》たる冬霞。「纍々」は「累々」と同義であるが、元来は、「纍纍として喪家の狗の如し」のように、疲れ、衰えたさまを言う。ともあれ稀用漢字を象眼することによって、子にまつわられ、これを統べつつある母の姿が、擬・象形的に感得される。

　秀歌と言うべくは余りにも破格であろう。『橙黄』一巻中の、まさに女王然として、ここに光を聚《あつ》め、響きを吸い寄せた感のある一首と思う。単なる言語感覚の冱えと生れるものではない。錬磨を重ねた修辞学の功績のみでもない。まして「志《し》」のみでもない。それらすべてを湊合《そうごう》し、しかも女なる性《さが》に照らし、本能の魔力に司《つかさど》らしめた時、稀に、偶然現れることのある、天来の作とでも言おう。

　ゆふひとときわれに凭《よ》りつつをとめ三人《みたり》青き目をもつ猫もまじりて　（黄玉《わうぎょく》）

　静かなる暴力われ猫一尾をみな子三人《みたり》をしたがふるとき　『薔薇窓』（母系）

　首いまだすわらぬ赤子を連れ去りし我子たちまち人中にみえず　『朱靈』「火山《くわざん》」（あらはるるとふ）

母性本能を傲然と誇示するかに見える「静かなる暴力」は、「奔馬」とは双璧をなす一首であろう。もっともこの暴力的な示威は、その壁の光ぎらぎらと猛猛しく、人によっては面を背けるかも知れない。私もむしろ正視を避ける一人ではあるが、初句切の、その切目の次には暗黒の休止があることも、視線を逸らすことによって確認できる。「纍々と」従える子に、しかしながら、作者は常に醒《さ》め切った目を向ける。訶梨帝母《かりていも》と一歩を隔てる所以であろう。子を直視し、母なる性を誇示しつつ、決してその性に酔うことのない女人に、この底知れぬ母性《マテルニテ》に、私は時として戦慄を禁じ得ない。この捉えがたい、不羈《ふき》の訶梨帝母は、一人を失っても仏陀に憐まれることはあるまい。ただちに一人を生みなして欠落を埋め、何事もなかったようにほほえむだろう。

わがうたにわれの紋章のいまだあらずたそがれのご
とくかなしみきたる

『橙黄』「橙黄」（紋章）

作者は「紋章」一連十三首の、十二首目の次に星形六稜印《アスタリスク》を置き、掉尾《ちょうび》の一首として、この「われの紋章のいまだあらず」を飾った。昭和二十年代前半、紋章はいさ知らず、代表作として世に知られる歌は、確に未だ存在しなかったかと思われる。それは決して訝《いぶか》しむべきことでも悲しむべきことでもあるまい。紋章は、歌人ならば、それは歳月の重なりの結果、星霜が齎《もたら》す痣のような痕跡の謂であった。時には恥の刻印を紋章と錯覚することもあろう。ともあれ、消しがたい紋章の生れた時は、これを悔いかつ恨み、生れる前は一種の憧憬を以て望み見る。だが、「いまだあらず」とは、むしろ、既にあろうとしつつ、形をなさず、自己確認をためらういらだちではなかったろうか。

今から思えば、この「あらず」を含む「紋章」一連に、この歌集の「霧の花」でようやく形をなしつつあった紋章の原型が、ゆらゆると現れ出でて、「奔馬ひとつ冬のかすみの奥に消ゆ」の堂堂たる調べを生んだ。その前兆は「抽象の世界に入らむかすかなるおもひよ」であった。そして「われの紋章のいまだあらず」こそ、妙子紋章の第一頁に、心ある人の目にのみ映ずるように置かれた「無紋」と呼ぶ紋章であった。

ぬきさしならぬ宿命とやなりし鼻歌とかの夜さげすみしわがこの歌が　（紋章）

靜かなる冬日《とうじつ》の海の昏れむとしこの須臾のかなしみはいづこよりきたる　（薔薇のうを）

果して「かなしみ」とは、彼方から「きたる」ものだろうか。おのれの深みから湧き上るものではないのか。私は前者であることを怖れつつ信じている作者の、この時の若さをこよなく思う。今日ならば、彼女はかなしみを人に与え恵むことだろう。紋章の有無を思い煩うかなしみは、一度「きたる」のみ。望んでも、二度と不可視の次元から訪れては来ぬ。歌の才能同様「かなしみ」もまた天来のものであった。第一、「紋章」と言い、その「かなしみ」と言い、一生有たず、永久に到来を知らぬ歌人がいかに多いことか。

今日、葛原妙子の歌には、鮮明な紋章を見る。私の目に、それはある時、紋帳にはかつて載せられたことのない「薔薇紋《しょうびもん》」であり、黄金で縁取られた「百合紋《ジリオもん》」である。かくも歴《れっき》と、他人のまねび、あるいはかすめとることの不可能な紋章を得て、作者には、悲しみがないか。否、その後も、新しい悲しみは深夜のごとく来るに違いない。

卑下慢、といへる佛語の辛辣をおもひつつやさしさ
やぐあきぐさ

『橙黄』「橙黄」（青野）

慢心に四種あり。増上慢・慢過慢・不劣慢・我慢。中の不劣慢を「卑下慢」とも言う。いずれ劣らず仏法の障りであり、思い上りの毒は不知不識に、緩慢に、決定的に人を滅して行く。耳に親しい「我慢」は、今ではむしろ美徳の一つに数えているが、これは後世の甚だしい転意であって、本義は、法華経勧発品《かんぼっぽん》に「不為嫉妬、我慢、邪慢、増上慢、所悩」とあり、高慢と同じく、みずからを高しとすること。一般に片意地を張ることを我慢と言い、関西では今日もそのように用いる例が残っている。次に「増上慢」は法力と障礙《しょうがい》克服力を有つ増上縁を、自分だけは得たと信じて傲り高ぶること。少し耳馴れぬ「慢過慢」とは、数多勝れた人人の中にあって、自分は更に一段と秀でていると思い上ること。

不劣慢、すなわち「卑下慢」は、他人より甚しく劣っているにもかかわらず、大した差異はないと考えていること。一般にはみずからを極度に卑しめ、謙遜の限りを尽して、相手への畏

敬の念の、屈折した表現の手段とすることを言う。勿論当人は夢にも劣っているとなど思っていず、相手が言葉通り取ることはさらさら期待していない。これも関西、殊に戦前の京都旧市内の女性が、巧妙無類の卑下慢表現にたけていた。

劣等をいささかでも軽減してみずからを慰めようとする、思えば弱者の唯一の、つつましい逃避手段をさえ、仏教では手厳しく指弾して、得度の妨げを排除しようとした。人間の性《さが》の負《ふ》の面、機微に属するニュアンス、精神的恥部の告発に作者は思い到る。「おもひつつやさし」なる平仮名八音の優《やさ》しさ、羞《やさ》しさ。それよりも、更に濁音混り平仮名七音の「さやぐあきぐさ」を加えた心の限りないやさしさ。私はあの夭折の天才美青年藤原義孝が、死後賀縁法師の夢に出て、笙《しょう》を吹きつつ、「時雨とは千草の花ぞ散り紛ふ何ふるさとに袖濡らすらむ」と歌った、その浄土の、「さやぐあきぐさ」が、この下句の彼方に髣髴と顕つのを覚える。この下句を案じた時、作者は慈悲をすら湛えていただろう。

この作品は歌集『橙黄』中のみならず『葛原妙子歌集』中でも、ほとんど類歌を持たない。「卑下慢＝辛辣・あきぐさ」の、類を絶した思考連鎖と、ひえびえと温く、したたかな辛みと、ほのかな甘みを併せ持つ言葉の脈絡は、作者以外に考えられぬ破格の方法で統べられている。卑下慢とは、仏が人間の卑しさの極限を喝破した言葉でもあった。

鴉のごとく老いし夫人が樹の間ゆくかのたたかひに生きのこりゐて

『縄文』（飛天）

戦争は一人の女性を嘴太鴉《はしぶとがらす》や嘴細鴉に変身させる。犀に変身した男もいたし、甲虫になるものはメタモルフォーズの現代の古典に属した。否、原因は戦争ではあるまい。たまたまこのような性を持ち合せていたからこそ、あの悪食雑食《あくじきざっしょく》の鴉のように、陰陰滅滅と、しかし逞しく、生き凌ぎ、生きながらえることができたのであろう。

老いれば、すべて何かに変身する。目鼻立ちの明瞭な痩身の女性は、おおよそ禽《とり》に似つつ老い進んでゆく。顴骨《かんこつ》はいよよ秀で、頬は殺下《さいか》し、眼窠《がんか》はくぼみ、唇は薄く、不吉な生霊《いきりょう》さながらになる。この例は殊に西欧に多く、中には猛禽としか思えない相貌となる。女優で言うなら、デュヴィヴィエの「にんじん」における、母親ルピック夫人を演じたあのカトリーヌ・フォントネー、レオニード・モギーの「格子なき牢獄」で、少女感化院長アペル夫人になったマキシミリエンヌ、あるいはカルネの「テレーズ・ラカン」で、全身麻痺の老ラカン夫人に扮したシルヴィ・アルコーヴェがこれに属する。

日本の、多分、戦時中に辛酸を嘗め尽した一老女、近親の誰彼とも離れ、血族の幾人かも砲煙と爆弾の犠牲となり、存《なが》えていることを知らす先さえないかも知れぬ。憤懣と増悪を心深く埋め、ただこれを核とすることによってのみ、残生を堪えて行こうとする。いっそ死にさえしたらと思ったことも一再ではなかったろう。諦めに徹したかの外見はむしろ爽やかに、食糧に換え尽した後辛うじて残った秋衣の裾を翻したつ、黄落の林中を游《およ》ぐように過ぎて行く。「かのたたかひ」とは、まことに危く、かつ確に、敗戦の日からいかほどか経過したことを暗示する。なまなましい記憶は薄れつつ、痕跡はいよいよ無残に露呈しつつある一時期ではなかったか。「かの」の響きには無量の感慨がある。

腐植なき寒土を鋤きて獰猛の眼《まなこ》尖りつつ生きゆく人よ　『橙黄』「霧の花」（凛々《りり》）

かのいくさありし日のごと硝子戸にひびくふくろふねむりをさそふ　「橙黄」（梟）

ひる明き樺の枝間の陽のこぼれいのち微かに生けりと傳へよ　（青野）

恣意に引用の三首、歌集の地歌《じうた》として妙なる命をきらめかす歌であるが、「鴉のごとく老いし夫人」は、はからずも、この三首にこめた念いが、おのずから一首に凝縮され、かつ一篇の物語として、ここから書き継がれようとする感をも秘めている。

鸚鵡の嘴《はし》わが肥大せる心臓の影と重なるときのまなるを

『縄文』（薄燈光）

心臓肥大は心室壁の肥厚によって起り、その原因は過大の運動を強いられ、劇しい収縮を長時間持続することによるとか。それにしても「心」の臓の壁が厚くなるのは、心自体の自衛手段であったろう。肥大の原因の、更にその直接原因は、戦争以外の何があるか。日本人のすべて、多かれ少なかれ、心を病み、その厚くなった壁は次第に硬化しつつあったことであろうに。肥厚したとて壁はなおあたかも厚いヴィニール・フィルムのような、勁い軟かさを保っていたはずであり、角質化することはあるまい。

尖端の鈍く研がれた、巨大な勾玉のような鸚鵡の嘴と、心臓なる器のシルエットは、なるほど、互に、ロールシャッハ・テストの模範解答風に、一種のアンサンブルを示してはいる。そして、鸚鵡のその太く鈍い嘴の中には、人語を真似て操ることのできる厚い舌が匿されている。心臓はそれと影を重ねる時、異様な呟きを発するのではなかろうか。そのかみ、宋の太常博士王蓬の詩に「心臓空夢神人剖」とあり、臓器そのものが抽象的な存在であった。カカトエスの嘴と相似形の心臓の中には、いかなる神が宿るのか。

燈臺長飼ひゐるあうむの饒舌は白きペンキの鎧戸の蔭　（薄燈光）

白日の海鳴りあうむはもの言へり百年も生きるべらぼうな鳥め　同

燈臺の螺旋階段よぢのぼるあな井戸に似て暗しつめたし　同

かつて茂吉は『あらたま』の「七面鳥」一連では、平福百穂邸のこの鳥を、嘱目で十七首、歌いに歌って、「十方《じつほう》に眞《まつ》ぴるまなれ七面《しちめん》の鳥《とり》はじけむばかり膨《ふく》れけるかも」を得たことがある。「百年も生きるべらぼうな鳥め」なる、あられもない歎きを、これと並べようとは思わないが、「鳥め」と言いながら、作者はむしろ畏敬をもかすかに含んだ、愛想尽かしの叫びを発しているようだ。百年も生きる鳥の嘴、それと相似するゆえに、人間なる作者の心臓は、かえって危機を暗示する。「ときのまなるを」とは、その一刻を過ぎれば重なった影は互に別れ、鳥は鳥の、作者は作者の命を生きるとの嗟嘆となろう。助詞である「を」が、深く苦い感歎詞に化する。螺旋階段の底の空間の井戸とは、鸚鵡の開いた嘴、作者の開いた口から、暗く空しい内部を覗いた怖れを、一瞬映し出していたようだ。やがて鳥の嘴から、一筋の鮮血が静かに糸を引いてしたたり落ちる。

みだれざる人の眠りにみだれをり硝子の劃《かぎ》る黒き濱《はま》木綿《ゆふ》

『縄文』(薄燈光)

万葉、人麿の「三熊野之《みくまのの》　浦乃濱木綿《うらのはまゆふ》　百重成《ももへなす》　心者雖念《こころはもへど》　直不相鴨《ただにあはぬかも》」以来、本歌取が飽きもせずに、全くの同工異曲で、一体何千首作られて来たのか。二句まで同一の歌だけでも敕撰《ちょくせん》二十一代集に八首見えるのだから、隠れた数は想像に剰る。すべて、葉が幾重にも重なり生う状態を序詞に用いただけで、歌意は花とほとんど関りはない。本歌の人麿の一首のみが、わずかに、白木綿が風に靡くような花の姿を髣髴せしめ、黒緑の葉交の重なりに、相聞の切なさを二重写しにした。浜木綿とはよくも名づけた。古人の智慧に頭を垂れる思いである。にも関らず、植物学者は鈍感無頼の言語感覚で律し、この名を捨て、「ハマオモト」と名づけた。葉の互生状態が百合科の万年青《おもと》に似ているからであるとことわる。浜木綿は、その花の形状からも明らかなように彼岸花科である。

海風に靡く浜木綿の花は、壮観を通り越して無残である。木綿《ゆう》ならば千切れることもあるまい。似ているとなら、むしろ木綿《ゆう》幣《しで》の、脆《もろ》さなまなましさだろう。恐らく風に揉まれ揉まれて、あの軟く細い花弁は傷つき、縺れ、しかも芳香を一段と強めて、月光に曝されているだろう。時は真夜、硝子戸越しの森羅万象は一切色を喪い、月光の影となる部分は悉く漆黒に変ずる。黒浜木綿のみだりがわしい支離滅裂の乱れは、泰らかな睡眠の中にも映り、翳を投じ、たちまち掻き乱すのではあるまいか。

　夜目なればなにもなき水平線に島あるごとき錯覺をせし　（薄燈光）

　燈臺の回轉光は矢となりてわが熟睡《うまい》せる肩に射しゐつ　同

一連の終りに、防風林の陰の白亜館を見せ、その館名によって、この地が潮岬とわかるのだが、三熊野の浦の浜木綿の歌は一首のみである。紀伊國西牟婁郡串本の、潮の香が三十二首に漲り渡る。「みだれざる人の眠り」とは、平穏な人間の睡眠との意であった。それが一瞬、「みだれざる人、の眠り」と錯覚する。その資質冷静沈着、いやしくも取り乱すことなき人、と思い、慌てて訂正する、その乱れの、かすかな戦慄を愉しむ。

　劃られた硝子の彼方に見えたのは、黒い浜木綿のみだったろうか。否、海に棲むものの屍骸、腐臭を持つ海つもののなきがら。紙片のように散る帆船、揺られ吹き起されて白い歯をむく草の根、それはいつの日か来る終末の幻想に似ていた。

魚網《ぎよまう》の影きれぎれにまひなたを過ぐかのマラリヤの影にあらじか

『縄文』（錨）

干網の、細い麻糸で綴られた幾千の孔の、その網目を通って陽光は零《ふ》る、零る。穴と穴の境の糸の無数の影影影。「魚網《ぎよまう》の影きれぎれにまひなたを過ぐ」とは、網を拡げたまま被るようにして海へ運ぶ漁夫が「過」ぎるのか、あるいは、干し連ねた網の間を、作者が「過」ぎて行くのか、「影＝過ぐ」などは、前者であるべきだが、短詩的形においては文脈はしばしば断たれ乱されるし、殊にこの作者の場合は、そのイロジカルな文脈が、一首に精彩とふくらみを齎《もたら》すことさえ、ある。

だが、突如現れる「マラリヤの影」とは何か。突然であり比較を絶するゆえに、この病名は魔の告知のように威嚇的である。薄墨色の疑念が、心の青空に拡がり始める。まことそれは、天網を頭上高く張り周らせ、ふわりと、人間の存在を覆い、搦め取るかに。何故に「マラリヤの影」でなければならぬのか。それは〈Anopheles ＝羽斑蚊《はまだらか》〉の連想によるものではあるまいか。アノフェレスとはギリシア語語原では「有毒」の意、マラリアの病原菌を媒介する幼虫、羽に微小な斑点を有つ蚊が、幾千幾万、数知れず飛来、通過する幻影と、漁網の断れ断れの影とは、作者の眼底で危く一致するのだ。

閒餘の錨　尺餘の錨　砂に摺りひさげる町は魚臭に満ちぬ　（錨）

砂熱き濱にひろげし魚網がしばしばも連繫をうしなふ　同

晴天にうしほみどりに充ちゐたり無意無思慮なる行人われ　同

翳るうみの斷口《きりくち》がみゆ青透ける海はかぎりなき針をひそめつ　同

黄麥《わうばく》のさわだてる上一枚の黒き硝子を張りつめし海　同

網の目の無数はもとよりのこと、種種の寸法を揃えた海の錘である碇錨、「無意無思慮なる行人」とさわだつ「黄麥《わうばく》」、ここに見る無量の、盲目的なヴォリュームと集団《マス》の、恐怖に近い恍惚感は圧倒的である。晴天に時を刻む時計、それは時刻報知のためならず、終末への予告のためにのみ生きている。危機を背後に秘めていたにもかかわらず、否、秘めているゆえになお、この海浜風景は、異様に澄み、無礙《むげ》に明るく、不吉な幸福感に満ち充ちている。そしてこの時、私は一瞬疑う。「かのマラリヤの影」を率い、これの大群を統べつつ、歩一歩、海の彼方へ足を向けるのは、あるいは作者自身ではないのかと。

ヴィヴィアン・リーと鈴ふるごとき名をもてる手弱女の髪のなびくかたをしらず

『縄文』（日輪）

命名に執するのは人おおよその業《ごう》であり、生きる目的に痛切に繋る業《ぎょう》でもあろうが、こと言語芸術に携る者にとっての「命名」は、生死に関り、栄辱を左右する主題であった。彼らは、すなわち私自身を含めた名称信仰者乃至姓氏好奇人種は、命名の権限・影響力の及び得ぬ世界では、既に存在する名、特に固有名詞の品評・月旦に快楽を覚え、その、心にかなう美しい響きを称讃する。また心にかなわぬ名については、その命名者の無智と鈍感を糾弾叱咤してやまない。叱咤はそのまま悲歌に他ならない。

ヴィヴィアン・リーに「鈴ふるごとき名」を幻覚するのは、鋭い言語感覚のなせる業であった。元来女子名〈Vivian〉とは、「アーサー王伝説」に現れる魔法使いの女で、高徳の予言者マーリンの愛人であった。彼女は別名を「湖の貴婦人《ザ・レイディ・オヴ・ザ・レイク》」と呼ばれる。その名の綴りが後世転じて〈Vivian〉となったが発音は全く相等しく、時として「ヴィヴヤン」に近くなる。

〈Leigh〉はイングランドのランカシャーにある工業都市の名でもあり、また男子名〈Lee〉の変形。もっとも彼女の本名はヴィヴィアン・メアリー・ハートリーで、インドのダージリン生れの英国人だ。一九六七年の真夏、肺結核のため、ロンドンのさるアパートで、看取る人もなく死去した。享年五十四歳。

ヴィヴィアン・リーの髪の靡く方を知らぬとは、殊にその一事に関心と興味を寄せていたことの告白でもあろう。二十六歳の「風と共に去りぬ」の靡き、二十九歳「哀愁」の時の靡き、三十八歳「欲望という名の電車」の、四十八歳「ローマの哀愁」の靡きを、誰が忘れよう。いずれも「なびくかた」は、他界の彼方であったものを。

　クリスチナ・マヌエラといふ汝が洗禮名《をしへな》いみじくあれば死ぬかとぞおもふ　（砂時計）

　アイリスと美《くは》しき名をもつおほいなる風の進路は茫洋とみゆ　（薄橙光）

　燃えてゐる二本の蠟の間《あひ》にくる手弱薄女《たをやうすらめ》テレーズ・デケイルゥ　『薔薇窓』（薔薇窓）

　國籍不明の舩ならねども「チィチャレンカ」怪《け》しき名の舩の舩艙を思ふ　『原牛』「劫」（逆流）

名への興味は貪婪《どんらん》であり、台風名から船舶名にも及ぶ。私もまた同様、否それ以上であるから、その感応振りがいたいくらい理解できる。「いみじくあれば死ぬかとぞおもふ」なる予言の刻薄《こくはく》な、そのくせ同情と慈しみに満ちた味わいに、涙ぐむ思いである。

傅《かしづ》き唇赤き少年を打ちしことありやレオナルド・ダ・ヴィンチ

『縄文』（嘘）

唇が赤かったかどうかはレオナルドもその手記に書き止めてはいない。だが、作者の聖なる偏見ときらめく独断は、史実よりも的確であろう。通称ジャコーモ、後の日のアンドレア・サライが、レオナルドの許へ、弟子という名目で連れて来られたのは、一四九〇年七月二十二日、十歳であった。主人であり師であるレオナルドとの年の差二十七歳。もしこの超人が世の常の男で、娶っていたら、当然このような男子もいただろう。

少年は来て二日目にシャツ二着と長沓下《ながくつした》一足、加えて胴着一枚を作ってもらった。師匠がそのために取っておいた銭を、彼は財布からくすねた。その四リラ、証拠も歴然としていたが現場を押えなかったので、ついに白状に及ばず、この稀代の嘘つき少年は、翌日から兄弟子の銀尖筆や、他家の金銭等を、間がな隙がな着服し、大茴香《おおういきょう》の実や砂糖菓子の買食いにあてる。レオナルドはその被害額を、憎しみと共に、克明に書き止めている。

ああその名「悪魔《サライ》」、しかも、愛称サライノのため、七年後に、緑色天鵞絨で縁取りした銀色の布の贅沢な外套を新調し、その細目をむしろ執拗なまでに記録する。それほどの「悪《わる》」を、なぜこれほどまでに溺愛したのか。ミラノのスカラ広場には、サライの他に三人の弟子を加えた四人の若者が、師の足下を取り巻く像が建立された。「レオナルドウの立像があり四隅《よすみ》なる四人《よたり》の門弟はともに美青年」と、茂吉が『遠遊』の中に、含みのある一首を残すところとなった。四人の中で、サライは際立って年少のはずだが、像にその差は見られない。他の三人は曲りなりにも美術に関り、拙いながらも模写その他を伝えたのだが、サライは終始徹底して一作もものにせず、ただ師匠の愛玩物《ペット》として、一五一六年、三十六歳まで仕えてミラノに帰る。彼はレオナルドの、掌中の棘ある珠であった。

寒き日のあさなあさなにしたたれる少年の鼻血ひそかにし見る　（嘘）
少年が嘘をつかむとする顔の赫きをわれはもろ手にはさみぬ　同
ひのくれの明りにひろげし新聞紙少年ひとりまなこを伏す　（縄文）

ここに見る少年とアンドレア・サライの間に共通するのは、多分「唇赤き」ことだけであろう。この紅の花はたちまち色褪せる。作者の歌に頻出する「少年」「少女」に、ほとんど性の匂いも臭いもないのは、抽象的な、花の蕾の変身であることによるのだ。

わが死《しに》を禱れるものの影顕《た》ちきゆめゆめ夫などとおもふにあらざるも

『飛行』（硬質）

思わねば、なぜ「夫などと」と言《こと》に出でて言い、かつ歌い、文字に記したのであろう。かつて定家が「二見浦百首」で、「花も紅葉もなかりけり」と歌い、否定し、無を主張することによって、非在の「花・紅葉」をいやさらに顕在化したように、「夫などと」と口に出した刹那、それ以前には毫《ごう》も意識に上らなかった「夫」の像が、突如鮮やかに、脳裏に映し出され、たとえ何度「おもふにあら」ずと繰返そうと、決して拭い去ることはできない。無意識に、不覚にも「夫」と口走り、慌ててそれをみずから否定する。それは、かえって、「夫と思ふ」と断言するよりも、いかほどか効果的ではないのか。

邪推好きの第三者はそのように推理するだろう。否、作者の大胆で破格な思考方法を熟知している者は、それくらい深読みしても、なお自分の推論の浅さを歎くことだろう。作者の巧緻な修辞学を愛する向は、各句の裏側に塗りつけられた毒を味わおうと、渇いた舌を閃かすに違いない。ボルジア家の貴婦人の一人の面影を、彼女の風貌と、歌の背後に、自然に織られ、繡《ぬ》い取られた物語によって、重ね合せる誘惑に勝つことはできぬ。「死《しに》を禱れるもの」とは、面識の有無に関らず、その名を知る者すべてを想定する必要があろう。むしろ、死《し》を祈らざる者、その稀少な何人かを数える方が早い。死を祈るのが、単に自分の敵のみと考えるのは、余りにもおめでたく、単純に過ぎよう。その筆頭に、一人の人妻が「夫」を思い描くのは極めて自然である。一般論としては自然なのだ。

けいけいとなにを企む夫よりものちに死にたしとおもひたる日は　（背後）

夫がかたへにものを食《を》しゐるしばしつめたき指に箸をあやつり　（硬質）

くらがりに夫のめがねはきらめきつ虚ろに硬き硝子質のまま　同

わが夫がわれの如くに歌詠まばおそろしからむとおもふ夜つづく　（手套）

まことに歌詠む罪はただならぬもののものであるが、夫婦が詠み競い、隠れて詠み比べる様は一種の近親姦か、相互弑逆《しいぎゃく》に似る面もあろう。「わが死《しに》を禱れる」「夫よりものちに死にたし」と歌って公表できるのは、その深層心理の中に、これと逆の欲求が鬱勃と湧き上っているからであり、むしろ公明正大のマニフェストと、無意識に主張している証左ではあるまいか。そういう形の、不可思議な愛もたしかに、ある。あって然るべきだ。

糸杉がめらめらと宙に攀づる繪をさびしくこころあへぐ日に見き

『飛行』（化粧）

一八八九年五月三日、ゴッホは監禁同様の強制入院二週間の後、南仏アルルの自宅に舞い戻ったが、病気の発作は、相変らず間歇的にあり、二日後またアルル郊外のサン・レミにあるサン・ポール・ド・モーゾル精神病院に送られる。思えば、その前年十二月、彼は激しい口論の末、同棲中のゴーガンに剃刀で切りかかり、傷つけそこねてアトリエに引返すと、みずからの耳を削《そ》ぎ落した。サン・レミの病院生活中、発作の相間、相間を狙って描いたのが、あのもの狂おしい糸杉《シプレ》の絵であった。「糸杉」95×73〈メトロポリタン美術館〉、「星月夜」73×92〈紐育《ニューヨーク》近代美術館〉、「糸杉のある麦畑」72.5×91.5〈倫敦《ロンドン》ナショナル・ギャラリー〉、「糸杉」92×73〈国立クレラー・ミュラー美術館〉。

作者の「見き」は十中八、九、ゴッホの、いずれかのことであろう。原画かコピーか精巧な複製かは知らず、糸杉はこの画家のものが最も著名だ。優劣好悪を別として、あまりにも名が高い。私自身は嫌いである。ゴッホは言う。「糸杉のことがしょっちゅう頭にあるが、何とか、向日葵の絵のような作品にしたいものだ。というのも、ぼくが見ているように描いた人がないのが不思議に思えるからだ。線といい比例といい美しく、まるでエジプトのオダリスクのようだ。それに緑が格別すばらしい。これは陽の当った風景のなかにある黒い斑紋だが、この斑紋はちょっと例がないほど面白くまた自在に描きこなすことがもっともむずかしい黒の調子のひとつだ」（東野芳明訳）。

　作者も欧州の旅で、南仏の、イタリアの、欧州の到るところに、天に茂り昇る黒緑の顎髯、憎しみと悲しみの逆髪《さかがみ》とも言いつべき糸杉を、あまたたび、後の日に目撃したことであろう。日本でも見ようと思えば各所で見られよう。「めらめらと宙に攀づる」とは、この作者にしては、さして奇のない、控えた表現ではある。だが、下句「さびしくこころあへぐ日」は、まさに修辞そのものに喘鳴を交えている。

　ゴッホにとって糸杉とは、狂気を支える唯一の核であった。とめどもなく暗い淵に引きずりこまれてゆく彼の魂を、天へ、天へと誘い、辛うじて、その力で、この世に止まっていることができた。「さびしくこころあへぐ日に見き」とは、黒緑の炎え上る糸杉に、秘められた霊力を感得して、かの世のゴッホと交感したのであろう。

襞ふかき麻の服はもはつかなるわれの矜持をいま記念《かたみ》せん

『飛行』（寂眼）

麻衣は、亜麻《リネン》であれ、苧麻《からむし》であれ、人間の肌になじまず、空気一重を隔てて風を通す。そのよそよそしい親しさを嘉《よみ》して、夏衣の女王となった。その性爽やかに強《こわ》く、癇癖《かんぺき》な襞と皺を生んで、それは容易に伸びることはない。心が打ち拉《ひし》がれて、その身さえうなだれがちとなる時も、麻衣は襞の陰翳を増しつつ、決して萎えはしない。

強装束《こわそうぞく》、それは人心が軟弱繊美に傾き初める時、世の人の心を捉える、糊と当布《あてぬの》と心地《しんじ》で、角角しく仕立て上げた王朝の衣服の謂であり、女さえも水干に烏帽子の風俗の流行する時代はあった。麻服は、後の世の、堕ちてゆく心をひたすらに、目に見えぬ呪力で支えようとする象徴の夏衣であった。「はつかなるわれの矜持をいま記念《かたみ》せん」とは、作者の半世の、何ものにも汚されず、屈せず、何ものも犯さず、恕《ゆる》さなかった心の、その形見ではなかったか。心には深い影を持つ襞が、十重《とえ》二十重《はたえ》に刻まれようとも、このつつましくてしかもきららかな誇りは、作者を浄めかつ限りなく癒やすだろう。

蟬の羽のごときものを着てあればさらはるるいまかとかたく目を閉づ　（水の睡り）

霧の中くぐれる列車にわが着たる黒き木綿の織目緊まりぬ　（空白むまで）

祝ひ着の裾の重たさ立つわれをしばしが程は遠視となせり

『薔薇窓』（黄金印）

亜麻布は蝕まぬ布　亜麻布は月のひかりのたぐひに見るべき

『原牛』「ひなげし充つる」（薔薇と赤子）

きもののひだくらくなりきしみづうみのみづ凍らむとゆふべ澄みきし　（冬の麻）

女人にとって、衣服とは肉体の一部であった。女人に限ることはあるまい。智慧の果実を食って後、人間は肌を覆う衣に、いかに心を尽したか。「野の百合は如何《いかに》して育つかを思へ、労せず、紡がざるなり。然《さ》れど我なんぢらに告ぐ、栄華を極めたるソロモンだに、その服装《よそほひ》この花の一つにも及《し》かざりき」とは、馬太《マタイ》伝第六章に見る美辞麗句、百合の天衣無縫の美は、望んでも手に入らぬものなら、せめてソロモンの万分の一の盛装を纏いたいと、二十世紀の間、創意を競い、人間が亡びて後も、衣服と装飾品は燦然と遺される。あの「襞ふかき麻の服」は、その襞の深さによって、作者の人生に薄墨色の陰翳を投じ、いつの日か、それは限りない救済となるだろう。「いま記念《かたみ》せん」、「今」を逃してはない。ただ一度だけ、かく直く潔く生きたみずからを、神に代って嘉《よみ》するのだ。

廢車の窓に朱《あか》きゆふぐも流れたり喪ひしものをかぎりなく所有す

『飛行』（石鳥）

塵埃のこびりついた窓硝子が横に二十幾つ、晴盲《あきめくら》の眼のようにどんよりと横列する操車場の袋小路。数多の軌条が南から奔って来て、悉くここで行き詰る。低湿地の北の端、石炭殻を撒いてはあるが、溜り水は晴天が三日続いてもなお乾かず、腐った枕木を覆うかに繁りに繁った蕺薬《どくだみ》が、疾風で擦れ合って悪臭を放つ。

午後から霽《は》れた。黴雨《つゆ》前後に似た蒸暑い一日の終り、西空が猩猩緋《しょうじょうひ》に炎え上る。その焔の欠片《かけら》が一面に飛び、折しも、車窓がこれを映す。車輛の内部の暗闇にも一条の朱が流れこみ、三年来掃かれたことのない床の芥が色めき立つ。「廢車」とされ、解体を宣告されてからの歳月は、この車を目に見えぬ獄に繫いだ。否、行き詰りのレールの果てに置かれた車は、そのまま流謫の身であり、廃兵院に逐われていたのだ。

それにしても「喪ひしものをかぎりなく所有す」とは、何という不吉な宣言であり、豊饒無比の預言であることか。それは「所有せしものをかぎりなく喪ふ」と全く同じことを意味してはいないか。「所有」が無限であるなら、「喪失」も同様に無尽数《むじんず》であらねばならぬ。際限もなく喪失したからこそ、それをそっくり享受した場合も「かぎりなく」であったはずだ。この無限定の、湿った、暗い虚無の、盲いつつ開かれた窓に朱の夕雲が映り、かつ流れ、かつ移ろう。そしてひとときの後には、もとの虚無に還る。

無一物に還る。喪失すべき何物も所有せぬ相《すがた》を、廃車の窓は残酷に映し出すだろうか。廃車は、人の、とある終末の日の相貌であり、かつまた、その暗黒の窓に映ずるのも、誰かの閲《けみ》して来た過去の幻影であろう。三句切の次に〈われは〉を挿入して鑑賞するか、また〈その廢車は〉を添えるかで、歌意は自・他を逆転させる。だが窮極はさして差はあるまい。他は自の鑑ゆえに、喪失は共有の主題となるはずである。

喪失した物は、その時点で無に帰する。車は廃された時、走ることを禁ぜられた時点から屍体と化する。朱の夕雲に彩られた時顕《た》ったのは、車窓に、すなわち車体内部に充満した虚無であった。「所有」なる漢語の重みが、その空虚を、火で充塡する。原歌の「癈」は、車両を人格化した文字遣いであろうか。あろうかと危ぶみつつ、私は鑑賞の手続上、病垂《やまいだれ》を麻垂《まだれ》に書き替えた。それをも「喪ひしもの」の中に数えようとしてのことだ。

編集部註　本頁の標題歌中「廢車」の「廢」は、『葛原妙子歌集』（三一書房、一九七四年刊）では「癈」となっているが、塚本邦雄が「鑑賞の手続上、病垂《やまいだれ》を麻垂《まだれ》に書き替えた」としているので、『百珠百華——葛原妙子の宇宙』（花曜社、一九八二年刊）の表記の通り「廢」とした。

くるしみのしづかなるとき荒妙の黒布《ぎぬ》に裹む暗紅の石

『飛行』（時間）

真珠は洗い浄められた生絹《すずし》に包むがよい。土耳古《トルコ》石は濃藍の天鵞絨《びろうど》に包む時、夜天が夏の昼空を抱くような法悦を感ぜしめよう。紫水晶は古詩を書き鏤《ちりば》めた銀紙を以て覆わねばならぬ。この石は決して傷つくことがない。珊瑚を包むのは縹《はなだ》色の麻布、その百重の青い襞に埋もれて、ふるさとの海底を懐しむだろうから。

珠玉・宝石のたぐいは歓びに酔い痴《し》れている時は篋底《きょうてい》に秘めて、その光輝と精彩を忘れているものだ。悲しみに浸る日、せめてもの慰めに掌上に転《ころ》ばせ、その肌の曇りが、一瞬一瞬に息づくのを眺めて、昨日を忘れるものであろう。劇しい苦悩に心を苛まれる時は、騒ぐ胸を押えて、室内の聖なる空間にこれを齎き、唇を噛みつつ祈る他はあるまい。指を飾る玉であれ、胸を荘厳する珠であれ、宝玉はそのかみ、人が、これを初めて邂逅した時から、ただ聖なる、畏るべき、呪物であり、神の宿る所であった。

劇しく懊悩の潮騒が遠離《とおざか》り、魂の渚の仄かに明るむ時が来たら、鐘愛の呪物は覆われる時を待つだろう。すなわち、「暗紅の石」は「荒妙の黒布《ぎぬ》」に「裹《つつ》む」べき時が到来したのだ。明妙《あかるたえ》でも照妙《てるたえ》でも和妙《にぎたえ》でもなく、織目あらわな粗布であることのゆかしさ。荒妙は平安以後、絹布の和妙に対して麻布を指すようになったが、さほど具体性を帯びずとも、綿であろうと、大麻であろうと、黄麻であろうと、手触りの粗い、微臭の纏《まつ》わる黒布であればよかろう。その黒も月並なアニリン・ブラックが、かえって面白い。

さて「暗紅の石」は何を想定しようか。作者は殊更に明示しなかったが、暗示によって生れる複数の幻像を嘉《よみ》するゆえであろう。暗紅の石は、誕生石の中にも一月の石榴石《ガーネット》、七月のルビーを数え、八月の紅縞瑪瑙《サードニックス》もこれに準ずる。印度産の星光紅玉《スター・ルビー》なら、黒布に包むのに最適であろう。布の造りなす暗夜の宇宙に、紅玉は人知れず六条の光芒を放つ。

　わがもてる寶石ひとつ風絶えし夜の暗黒の中に瞋《いか》りをり　『原牛』「黄道」（黄道）

　げに寂し諸悪を搾るもろ手よりうつくしきものしたたりやまず　『飛行』（時間）

悪は美の母であった。したたる「うつくしきもの」の凝縮、結晶こそ、「暗紅の石」であり、それを包む「荒妙の黒布《ぎぬ》」とは、もろもろの悪を経緯《たてぬき》として織られ、呪詛を以て深められたのだ。「くるしみ」は再び、魂の外側で騒ぎ始めるに違いない。

菟名日處女《うなひをとめ》の悲劇の獨白にわらひたるをとめを暗き座席に懲《ちょう》しき

『薔薇窓』（薄衣）

摂津の蘆屋《あしや》の少女、菟原処女《うないおとめ》は、二人の男の求愛に立ち竦んだ。一人は同じ摂津の菟原壮子《うないおとこ》、一人は和泉の血沼《ちぬ》壮子。娘一人に好敵手《ライヴァル》二人、男二人はかたみに鎬《しのぎ》を削り、目に角立てて相争うのを見かね、いずれとも選びかね、ついに彼女は入水する。血沼壮士がまず後を逐い、菟原壮士も負けじと命を絶ち、処女塚を中に、壮士の墓がその左右に建つ。これは生田川伝説、万葉巻第九。高橋虫麻呂らの歌の中には、ことの次第が縷縷《るる》と歌われている。巻第一の天智天皇御製「香具山は畝火を愛《を》しと耳梨と相争ひき」と、ほぼ同工異曲のパターン、現在から未来にわたって、至極平凡な三角関係であろう。

大和物語の第百四十七段にも、この挿話は詳細な歌物語と化して現れる。蘆屋の男はこの地の旧名としての菟原《むばら》を名告り、和泉の男も旧称茅渟《ちぬ》と呼ばれている。女は男二人に、生田川に浮ぶ水鳥を狙わせ、これに懸けようとするが、一人は頭を、一人は尾を射て勝負はつかない。

女が川に投身し、二人の男が後を追い、一人は女の足を、一方は手を捉えるがついに溺死する。虫麿の歌とは、そのディテールに異同が多多生じているようだ。

誰の脚色、誰の演出、いかなる劇団の、いかなる配役かは不明ながら、その当時公演されたことがあり、一首はその観劇にかかわる逸話のたぐいであろう。女の独白は、大和物語では「ここにも、さ思ふに、人の心ざしの同じやうなるになむ思ひわづらひぬる。さらばいかがすべき」であり、辞世は「すみわびぬわが身投げてむ津の國の生田の川は名のみなりけり」となっている。劇中の科白《せりふ》も、これのパロディに類するものであったろう。

戦後の若い女性にとっては、笑止の極みであろう。感情を移入して涙するには、余りにも旧めかしく、余りにも思考経過が単純で貧困と、思うのが自然であろう。菟原処女に共感を持つのは既に彼女の母の世代に過ぎず、彼女らさえ、余程巧な演出と、抜群の演技力によってのみ心を動かされるのだ。だが、観客席で思わず失笑するとは、さすがであり、これを窘《たしな》める見識も見事と言うべきか。「をとめ」を笑う「をとめ」、これを懲らしめる母、一幅の豪奢な絵がここに生れる。タピスリーの図案にもなりそうな、平和な、爛熟した、バロック音楽の伴奏のふさう場面ではある。だが、國のためには死なず、女のために死ぬ男の志を、娘は、嗤《わら》うべきではなかった。懲罰はこの点に加えられたか。

うはしろみさくら咲きをり曇る日のさくらに銀の在處《ありか》おもほゆ

『薔薇窓』（刀劍）

かつて秋の山川に金を埋めたかの幻想をほしいままにした作者は、盛りの女郎花《おみなえし》に砂金を幻覚し、春ともなれば、爛漫の桜花に、匿された銀を思う。「うはしろみ」も「うはしらみ」も同義であろう。稀な用例ではあるが、たとえば源氏物語「末摘花」には「聴色《ゆるしいろ》のわりなう上白《うはじら》みたる一かさね」云云とあり、色の褪めたことを微妙に表現している。

桜の花の「うはじろみ」つつ咲き続けているのは、花季の真盛りをやや過ぎた頃で、殊に大《おお》山桜《やまざくら》寺、淡紅とは言いながら満開時もやや紅の深い種類の咲きたけた状態であろう。里桜の中でも、普賢象《ふげんぞう》や松月《しょうげつ》あたりが、まさに「うはじろみ」ながら咲き進む。緋桜は言うまでもなく、関山《かんざん》のような淡紅より紅に近い品種は該当せず、逆に大島桜や深山桜のような純白種は、上白《うはじら》むことはなく、むしろ灰色に咲きくたびれる。なお鬱金《うこん》や御衣黄《ぎょいこう》の黄緑種も、花心の方から色を変えてゆくので、上白むことはない。更に山桜は赤褐色の若葉を伴うゆえにこれまたこの限りではあるまい。

梶井基次郎が、その根の下に屍体が埋まっていると、ほしいままな空想を繰り展げたのも、桜が上白みつつ満開を迎え、かつ過ぎる時期ではなかったか。花冷えの、額から唇へまた鳩首へ、次第に伝わってゆくように感じるのもこの頃であり、まことに、この春天の花曇りの底に、銀が秘められていることを、ひしひしと感得するのも、時を同じくする。まさに銀。目に見えず、手もて触れ得ぬ銀鉱の、一筋の鉱脈が、中空を西から北へ奔り、突如跡を絶つ。まさに「しろがね」、決してそれは「あかがね」でも「くろがね」でも、「あをがね」でも、まして鉛でもあり得ない。そしてまた決して黄金でもない。

桜花詠は『葛原妙子歌集』にも散見するのみである。岡本かの子が、ほとんど狂熱に近い欲望に駈られて、桜桜桜と百数十首の連作を試み、愕然たる秀作を生んだことを思い合わす時、「さくらに銀の在處《ありか》おもほゆ」と、重い呟きを残して、この春は、二度と花の方へ向き直ろうとしない作者の、そのしたたかな選り好みを、ひそかに讃えたくなる。

私も桜には銀を思う。同時に、桜の造花が、他のどんな造花より貧しくあさましいことに、その紙製の花弁が経帷子《きょうかたびら》の微塵切りのように思えてならぬことを、その花の奥にもまた、銹び煙った銀箔か何かが隠されていることをしきりに夢想すると告白しておこう。

人を憎しみねむる睡りのゆれてをりこのねむりなぜにかくも搖るるか

『薔薇窓』（焼却）

憎悪とは愛恋の裏返しに他ならぬことを、今更、こと新しく告げる要もあるまい。だがこの真理めかせた心理の穿《うが》ちにも盲点はある。一抹の翳りも交えぬ、純粋無垢の「愛」が稀には存在すると考え得るように、漆黒の瀝青《れきせい》のように煮詰って、愛などには金輪際転換されることのない、憎の結晶もまた、必ず想定し得よう。

睡眠の中にまで持ちこむ「憎」とは、この漆黒の結晶に近かろうか。睡りの中で憎しみは錘《おもり》となって揺れる。意識の底から魂の表面すれすれに、憎しみの錘は不可視の糸で吊るされ、他界からの微風のために、間断なく揺れ動く。憎しみの重さと、それを吊る糸の長さによって、魂の上に弧を描くその「揺れ」は、半永久的に続き、あるいは一夜揺れ続けもし、時としては一時間で静止する。かわいさ余って百倍となった憎しみなど、むしろ短時間で揺れ止む例の一つであった。憎のみの煮詰った禍禍しい黒の錘は、力を加えなくとも、いずれかの死まで、さらさら揺れ止もうとはしないだろう。

スペインの宗教裁判、異端審問の、むごたらしい拷問の中に、この錘に類した「振子」の、徐徐に近づいて、心臓を抉る狂気の揺れがあった。「このねむりなぜにかくも揺るるか」とは、われなにゆえに、かくも憎しむかと言うにこと等しかろう。憎しみの対象は、必ずしも人たることを要しない。旱の時は天を、氾濫の日は河を、夏の夜は蚊を、寒夜には霜と氷を、それぞれ憎しむのが人というものだ。社会を、国家を、組織を、そしてついに世界を、燃えるような憎しみの対象とした時、その人の睡眠は、揺れることを止めて、みずからの重みで無限に堕ちてゆくかも知れない。だが、「人を憎しむ」間は、睡りは常に、煉獄に宙吊りとなり、半永久的に、憎しみの対象以上の苦しみを甘受せねばならないだろう。だが、睡りの中でまで呪詛し、ついに調伏し得た時の歓喜に比べれば、このくらいの「揺れ」の、無間地獄の責苦など、何ほどのことがあろう。

にくしみのうちなるこゑは徹りたれ若き害意のなべてを讃ふる　（母系）

なにものかはわれを憎まむ雪の夜を素足のごとき睡りおそふに　『飛行』（硬質）

他人もまた、自分に向けて、等質等量の憎悪を放ち、同時に呪詛を試みているのではなかろうか。この憎悪は、冬空虚空のどのあたりで衝きあたるのだろうか。

虚空より薔薇《さうび》を摑みとらむ指揮悲しくぞも老いにけるらし

『薔薇窓』（半身）

レオナード・バーンスタインなら、青天から乳白のダリアを招き寄せて見せるだろう。そして曲がストラヴィンスキーの「火の鳥」なら、緋ダリアに変るかも知れない。ピエール・ブーレズが、その昔四十一歳の壮年の盛りに、バイロイトでワーグナーの「トリスタンとイゾルデ」を指揮した時は、さぞやあの繊い指先に、幻の芍薬《ペオニア》が飛来して、酸味のある香気を振り撒いたことと思われる。ジャン・マルティノンが「幻想交響曲」を振る時には、透百合《すかしゆり》の鮮黄の花が、曇天から降るのを、うつつに見るはずだ。

　その昔、レオポルド・ストコウスキーは何を指揮しても、たちまち目の前にフローリストの店先のような百花を撩乱たらしめた。もっとも、花そのものも、その芳香も、申分はないのに、すべて「既成品《レディ・メイド》」の感がつきまとい、私は酔えなかった。ああ、ブダペシュト生れのユージェヌ・オルマンディよ。私は彼の「カルミナ・ブラーナ」に、花盛りの、四月下旬の更紗木蓮の林を思う。樹間には水仙の黄の喇叭咲きも靡いている。
ヴォルフガング・サヴァリッシュよ、ブルーノ・ワルターよ、フルトヴェングラーよ、トスカニーニよ。すべて、すべて「老いにける」かな。皆、薔薇を、雨天の、五月の空から摑み出して見せてくれた。そして今日、ボンベイ生れのズービン・メータが、七月の朱の夕空から、黒薔薇を、むんずと摑み出して見せてくれる。殊にバルトークの諸曲を振る時、黒薔薇は時として青薔薇となり、恍惚の果ての死をすら思わせる。

滴《しづく》のごとくわれにかへりくる時間あり薄氷《うすらひ》めきし樂《がく》を聞かむか　『飛行』（時間）

擦過音伴ふ樂《がく》は鳴りいづる古りしロビイの圓盤より　『薔薇窓』（半身）

まことに、虚空から非在の「薔薇」を摑み取ろうとする業こそ、指揮者の悲しい願いでもあった。三句切「指揮」であって、「指揮者」ならざることに、私は作者の周到な配慮と、見え過ぎて冷やかな「炯眼《けいがん》」を知る。「指揮」としたことによって、一首は、そのまま「抽象の世界」に入り、クラウディオ・アバドもローリン・マーゼルもイシュトバン・ケルテスも、目鼻を喪い、空中に残るのは、喘ぐかに差し伸べたその両腕のみとなる。日本の指揮者は、いかに虚名を轟かそうと、その卑しく醜い容貌と体軀のために、何を振ったところで、絶対、「薔薇」など摑みとりはしない。

墓を清むるさまうつくしみ見守れどわが死後にしも
おもひおよばず

『薔薇窓』（蔓刈り）

塋域《えいいき》は怖ろしく、同時になつかしい。怖ろしさは茂吉『つきかげ』の「暁の薄明に死をおもふことあり除外例なき死といへるもの」に明らかなように、他人事《ひとごと》ならぬ、みずからの死に繫るからであり、それを前提とするなら、おのがついの栖《すみか》と観《かん》ずる他はないゆえに、切なくなつかしいのだ。展墓の儀式をよそながら眺める時、殊に墓碑に清水を注ぐ様は心に沁む悲しみがある。「うつくしみ」とは、「美し」と微妙に異る主観であった。

茂吉の世界には殊に造詣の深い作者は、かつて『除外例なき死』に沈痛な筆致で言及したことがある。多分、『あらたま』の「まむかひの墓原なかにいつしかも白き墓ひとつ見えそめにけり」も、ある時、心を過《よぎ》ったことだろう。死を思うことはある、だがしかし、作者は、「わが死後にしもおもひおよばず」と言う。「花も紅葉もなかりけり」に明らかなように、悲しいかな、否定形のセンテンスは、否定された内容を、否定する以前よりもありありと顕たしめるものだ。「死後にしも」と唇に上《のぼ》せた瞬間、作者の鋭い直感は、かの塋域の、中有《ちゅうう》の空を遊行し、還るべき処を探す、おのが魂を想ったはずだ。

水を禁じられたる子供さすらへる墓處《ど》に花筒の水涸れてゐし　『縄文』（飢渇）

墓石は逃げざれば手套をぬぎしわが手よあたたかく觸る　『原牛』「黄道」（黄道）

越の國の曇り寒きに冷水を灑がむとして一基の墓石　『薔薇窓』（蔓刈り）

美しき家紋を彫りし族《ぞう》の墓氷雪に罅割れし部分あり　同

素黒なる墓のなべては震ひけむ大き地震《なゐ》越に搖れにける日よ　同

作者もまた、墓＝水の断ちがたい脈絡を考えた。猩紅熱か腸チフスか、タンタロスの苦しみに堪え、堪え得ず身罷った幼児の墓に、墓にだけはせめてと冀《こいねが》う水が絶えていたという。だからこそ、たとえ北国でも、曇り日であっても、水こそは死者への、まず第一の供物であった。故郷展墓、彼女は「ふるさとを憎めり」と、辛辣な宣言を試みる。よほどのことがその背後には蟠《わだかま》っていよう。「人の出生の混沌と雪片の塊あるのみ」と、二句半ばで絶えた調べを継ぐ。雪があるだけでも、その雪の雫だけでも、にくしみは浄化される。たとえ家紋附の墓が割れていようと、それが氷雪のためなら、これまた一種の浄化作用《カタルシス》と考えれば、憎悪のいくばくかは消されもしよう。墓とは憎悪の柩でもあった。

むかしにて癌ありとせばかなしからむたとへばかの
モナ・リザと癌

『薔薇窓』（女棺）

癩《レプラ》や黴毒《シフィリス》や黒死病《ペスト》のような伝染性の悪疫は申すに及ばず、痛風も中風も胆石も癌も、何も昨日や今日忽然と生れて、人間を脅し始めたわけではあるまい。聖書を繙《ひもと》けば、ありとあらゆる古典的な病名が、訳者の奸智に近い叡智によって書き連ねられ、私達を病名万華鏡の世界に誘いこむ。精神異常の例にさえ事欠かない。

サムエル前書に現れるサウルは周期的な憂鬱症で、殊に罪業妄想がひどかったようだ。ダニエル書のネブカドネザルの化身妄想は日本の狐憑《きつねつき》のたぐいと思われる。新約聖書に頻出する「悪鬼につかれたる者」はほとんどが躁狂であろう。ヘロデ・アグリッパは回虫が腹膜を穿孔したに等しい症状を示している。「血漏を病む女」は諸種の婦人科疾患の総称で、子宮癌も勿論含まれよう。モナ・リザが癌なら、乳癌だろうか。

彼女はフィレンツェの官吏、フランチェスコ・ディ・バルトロメオ・ディ・ザノービ・デル・ジョコンドの三度目の妻で、リザ・ゲラルディニであった。一四七九年に生れて、一四九五年、二十四歳の花盛りに、何を好きこのんで、三度目の妻などになったのやら、シニョーレ・ジョコンドがよほどの美貌と金運に恵まれていたか、シニョーラ・リザに、何か隠された負目か退目《ひけめ》があって、男の側もそれを承知だったのか。

　彼女の微笑、否、薄笑いは、何を見て生れたのだろう。伝えるところでは、レオナルドは、彼女の微笑を誘うため、楽人を雇ってリュートを奏でさせ、民謡や流行歌を唱わせたとか、道化師を呼んで御機嫌を取結んだとか。口もとの、痙攣に似たほほえみは、当時の社交界では一種のマナーとして、皆、意識的に真似た造り笑いだというが、嘘だろう。あのほほえみに似た唇の端の翳は、苦痛を紛わせようとした演技ではあるまいか。

　彼女は乳房の心《しん》に、鈍い痛みを感じていた。痼《しこり》が日一日と大きくなりつつあるのを知っていた。二人の先妻は、ジョコンドに愛想をつかして出て行ったのか、業病にとりつかれて死んだのか、自殺したのか、彼女は聞かされていない。聞きたくもない。自分の病気が日一日と進行しているのを、夫は未だ知らない。「モナリザと癌」、なるほど、妙趣であろう。萎黄病《いおうびょう》よりも瘰癧《るいれき》よりも、癆咳《ろうがい》よりも狼瘡《ろうそう》よりも、あの薄笑いにはよく似合う。むしろ即き過ぎる。もっとも、彼女の死因は感冒の類であったとか聞き及ぶ。

寺院シャルトルの薔薇窓をみて死にたきはこころ虔しきためにはあらず

『薔薇窓』（薔薇窓）

虔《つつま》しい心のゆえに欲するのでなかったら、シャルトル大聖堂の焼絵玻璃《ステンド・グラス》の薔薇窓は、心贅《おご》れるゆえに見ることを欲するのであろうか。そうではあるまい。ナポリ見て死ね、その諺《ことわざ》はさもあらばあれ、シャルトルの青きらめく窓を見ねば、往生の障りになると思うのもまた、心虔しいゆえでも、贅れるゆえでもない。強いて言うならば、ほとんど狂気に近い憧憬のためであり、そこに理由などは存在しなかった。

作者よりも先に、何人の人が、このシャルトル大伽藍の焼絵玻璃にあこがれ、魅せられて旅に出たことか。ジョリ＝カルル・ユイスマンが十九世紀の終りに書いたあの高名な物語『大伽藍《ラ・カテドラル》』の中で、主人公デュルタルは、大伽藍の階段を上りつつ、しきりに、ポーの『アッシャー館の崩壊』のロデリック・アッシャーが、妹マデラインの部屋への廊を歩む情景と心理を反芻している。思えば、ロデリックがその時口遊んだ歌曲《バラード》の詞にも、彩絵硝子を思わす件《くだり》はあった。「真珠・紅玉煌めきて、目も彩なりし扉より、永久に耀よひ、流れ、流れ出でしは、木霊の精の一群」云云と。デュルタルはまた言う。

「その日は太陽が輝いていて、三箇の十二世紀のステンドグラスは常にもまして燦然としていた。三本の幅広い短剣の刀身は、栄光の扉口を見下す円花窓の下に耀きつつ突き立っている。一切の宝石の、火花のきらめきである。ざわめき立つ青色の火の海である。この青はアブラハムのふりかざす剣の背後をなす、あの空の青よりもまた一段と明るい」。

　尖塔雲刺す寺院に薔薇窓の高く盲ひし刻《とき》を痛みつ　（薔薇窓）
　伽藍の内暗黒にして薔薇形の彩《あや》の大窓浮きあがりたり　同
　罪過犇き燦然たらむ内陣の奥深きところ蠟を燃えしめ　同

歌集『薔薇窓』の中心をなす同標題一連は、さすがに異常なまでの光耀に満ちている。数年前、私もようやく機会あって、初夏の一日、この薔薇窓の青の輝きを仰いだ。シャルトル大伽藍の前の広場は、いかなる晴天無風の日も、旋風が立つと聞く。奇しくもその言葉通り、私もあのボースの沃野に菜の花が咲き乱れる日というのに、魔の広場で、凄じい嵐の声を聴いた。「こころ虔しきためにはあらず」、その一言を呟き終った時、しかしながら、作者の心は、あたかも極重悪人さながらに、敬虔になっていたことだろう。

獵銃のごと美しき弟《おと》あらば風吹ける夜のいづこに歩む

『薔薇窓』（薔薇窓）

弟であらねばならぬ必然性があるのか、なぜ父でも兄でも、愛人でも夫でも、敵でもなく「弟《おと》」でなければこの歌は成立しないのか。鋼の黒の肌を刺すような冷え、その細みを裏切る重み、すべての余剰を削ぎ落とした後の、冷酷で雄雄しい合理性、凶器であることの炎えるような悪意、これらすべての要素のトータルは、あまりにも性的牽引力を具有し過ぎているゆえに、それを統御馴致する可能性のある「弟」を選んだのか。

その人は大きなマドロスパイプを銜《くわ》え、セッターを先に立て、長靴で霜柱を踏みしだき乍《なが》ら、初冬の天城《あまぎ》の間道の叢《くさむら》をゆっくり分け登って行った。二十五発の銃彈の腰帯《バンド》、黒褐《こっかつ》色の革の上衣、その上に置かれたチャーチル二連銃、生きものの命断つ白く光れる鋼鉄の器具で、かくも冷く武装しなければならぬものは何であろうか。行きずりのその長身の猟人の背後《うしろ》姿に、私はなぜか強く心惹《ひ》かれた。

井上　靖『猟銃』

作中人物、三杉穰介は、結果的には三人の女性の人生を狂わせた。中の一人を死に逐いやった。それは姦通の相手であった。別の一人はその人の娘、残る一人は妻。それゆえに「夫《つま》あらば」とは言わなかったのか。だから「父・兄」のいずれも選ばなかったのか。否それのみではあるまい。猟銃の暗示・誘発する不吉な幻影が、「弟」以外を選ばせなかったのだ。この雄雄しい凶器は、死者に配する時のみ、みずみずしい。

　わが額《ぬか》に月差す　死にし弟よ　長き美しき脚を折りてねむれ　『葡萄木立』「片手」（織子）

　死にし者白晝にわれを誘《いざな》へり　青き蛟のごとく立つ弟よ　「穀倉」（穀倉）

死者は永遠に若く、それゆえに、現身《うつしみ》の作者とは次第に年齢の差を拡げて行く。その差の大きさに正比例して、美しさと神秘性をも増して行く。「長身の猟人の背後《うしろ》姿」は、いつしか「長身の獵銃の背後《うしろ》姿」と化して、初冬の風の鳴る野を、どこまでも、欠け初めた月に照らされて歩み続ける。決して振返らない。万一、振返った時は、愛する姉の眉間を狙って、致命傷を負わせるだろう。そして、その危惧はついに、常に、期待に転じ、しかも未遂に終る。猟銃のように、同時に猟銃に狙われる草食動物か渉禽《しょうきん》のように、長い脚を不器用に折って、薄く瞼と唇を閉じる。風の音に混って、今宵も、いずこかへ歩み去る足音が聞える。どこまでも遠離り続けて、決して消えることはない。

寒き椅子離るる深き外套に「緋の研究」つつみもてるも

『薔薇窓』（氷壺）

人称を省いた一首は、「緋の研究」の持主を明らかにしない。勿論「もてる」が「他」を現すとの見方もあろう。「自」なら「もつ」とするはずとの考えもあろう。だが、みずからを客観視する方法もまたあり、「氷壺」はそれにふさわしい一連でもあった。

壁には緋色《スカーレット》でRACHEの文字があった。滴り落ちる血で描かれていた。警視庁のレストレイド刑事はこれを見て、得意気に、被害者はRACHEL《レイチェル》という犯人の名を書こうとして、力尽きたのだと判断を下した。ホームズはこれを冷笑して、RACHEとは、ドイツ語で「復讐」を意味すると示唆を与えた。だが、あれはドイツ人が書いたのではないとホームズは補足する。「あのAという字はたしかにいくらかドイツ流の活字体になっていた。しかしほんとうのドイツ人なら、かならずラテン活字体で書くだろう。だから、あれはドイツ人が書いたものでなく、下手にドイツ人を真似ようとした男がやりすぎをしているのだ」とも説明する。「緋の研究」

の持主は、その辺まで読み進んでいただろうか。

淡きみどり射せる頁を繰りゆきてわが讀むはプルースト「スワンの戀」の章
『飛行』（時間）

燃えてゐる二本の蠟の閒《あひ》にくる手弱薄女《たをやうすらめ》テレーズ・デケイルウ
『薔薇窓』（薔薇窓）

三色菫《パンジー》の紫紺の襞に來てをりやみづうみの詩人テオドル・シュトルム
（詩人《うたびと》よ）

作者の、間歇的に、しかしいかにも稀に、ふと歌に記し止める西欧の文学作品名は、まことにこれあるかなと頷くものも、その逆に、これをしも、読書経験の中に数えるのかと首を傾げるものがある。後者にはなお、『飛行』に見える、ジッドの『秘めたる日記』も加わろう。そして、だからこそ、『緋の研究』の持主を「他」と推定したくなる。

葛原妙子がコナン・ドイルを読んで悪かろうはずはない。更に言うなら、歌に現れた数冊の詩歌・創作の類の背後に、新・古、長・短、硬・軟、様様の作品が積み重なっているだろうことは贅言を要せず推察可能だ。だからこそ、敢えて取上げた「緋の研究」は、持主の自・他いずれを問わず、重要な選択となって来る。そして、「深き外套」の、表には現れぬ色を、漆黒と想定する時、この「寒き」と見事に響き合って、この鮮血の緋は、俄に、歌に妖気に近い雰囲気を与える。「つつみもてるも」、外からは見えないはずの書物の名を知っているのは「自」に他ならぬ、こう推理した時、微かに血の臭いが顕《た》つ。

椿の花落ちて腐れし泥の窪ミノタウロスの落命おもほゆ

『薔薇窓』（瞳）

ミノタウロスとは、クレタ島の王ミノスの妃が、牡牛と姦通した結果生れた半人半牛の怪物であった。東洋にも牛の化物には牛頭《ごず》や件《くだん》があった。後者はともかく、前者は馬頭《めず》と共に地獄の獄卒、椿の花には縁もゆかりもあるまい。そもそもミノスは、クレタの王となるため、ポセイドンに誓い、海底から牡牛が現れたらこれを犠牲として捧げることにしていたが、王国を得た後、この誓約を反故《ほご》とした。

怒ったポセイドンはこの牡牛を凶悪な獣とし、王妃パシパエに欲情を抱かせる。一方、パシパエもまた牡牛を恋し、アテナイから追放中の工匠ダイダロスに、内部空洞の木製の牝牛を作らせ、これに牝牛の皮をかぶせ、自分は中にひそんで牡牛を待った。牡牛は瞞されてこれと交り、王妃はミノタウロスを生んだ。ミノスはこの半人半牛の化物を、神託によって迷宮《ラビュリントス》に閉じこめる。この迷宮もダイダロスの造ったものだ。

紆余曲折あってミノタウロスはテセウスに殺されることとなるが、ギリシャ神話では、彼はミノタウロスを迷宮の一番奥で発見し、拳で打って殺したと記されている。ダイダロスと、彼が女奴隷ナウクラテに生ませた一人息子イカロスを、ミノス王が迷宮に幽閉し、父子が人工の翼で脱出するのはこの後のことである。

迷宮の奥でミノタウロスが撲殺された時、恐らくは夥しい衄血《はなぢ》があたりを染めたことだろう。若しテセウスが、この半人半牛を刎《くびは》ねたのなら、椿の落花はやや即き過ぎる。椿は血を連想させるだけでよい。椿が欧州に絶無の植物で、支那の山茶《つばき》が渡欧したのは十八世紀以降のこと、その渡欧についても、学名のcamelliaがモラビア生れの僧カメルスによることに異説もあり、甚だ曖昧な状態で今日に到っている。第一、椿と表記するがこれは支那では全く別種の植物だ。漢名は前記「山茶」と、日本から輸入した、安石国の榴《ざくろ》に似た花「海石榴《つばき》」なる合成名しかない。ミノタウロスも落命なら椿もまさに落命、夢にも、「散華」などすることのない、神話中の怪物と東洋原産の紅い花。

歌集『薔薇窓』の「薔薇窓」には「酸鼻なるもの滴れり鶏頭の花冠さかしまに吊せるを見る」他、花の末路を歌った作品を散見するが、この、椿とミノタウロスほど劇的で鮮麗で、悪意に近い思考に支えられたものは珍しい。パシパエの呪いであろう。

生ける鷹旋回しつつ虚空なる高き朴の香《かをり》に遇ひけむ

『薔薇窓』（鳥の章）

一首は必ずしも独立しない。「生ける鷹」の「生ける」という強調は先行歌なしでは唐突である。それはそれとして、この歌の持つ凛然たるかなしみは、ある時の、作者自身の魂を象徴するかに、中空に止って微光を放つ。「鷹」が後に『鷹の井戸』を生む一つの関連幻像であり、作者の愛する猛禽であることは、言わず語らず、大方の読者には感知可能なことだろう。「朴」が、これまた後に、「をがたま」を誘う木蘭科の代表的な名木であることも、おのずから思いを過《よぎ》るはずである。

片つばさ拾ひたるのみ山窪にまざまざしかも斑入り鷹の羽　（鳥の章）

衝撃いたましきかな片翼《へんよく》をうしなひし鷹なほも飛びしや　同

鷹マニア青空をみることありて野山は薄く雪をかむりぬ　『鷹の井戸』「憂犬」（爪）

ビザンティン光《くわう》といへる微光のありとしてうちかさなりし朴のしらはな

同「山ありて水」（薄暮青天）

後の日、『鷹の井戸』の跋文中に、彼女は言う。「夏至の頃、作歌中に私は鷹を見た。影のごとき鷹には見覚えがあって決して初対面ではなかった」と。勿論この鷹は、作者が三十二歳の年に見たイエーツ原作、仮面舞踏劇詩「鷹の井戸にて」の鷹にかかわる記述ではあるが、それが歌集に凝縮表現されるまでには、否、されて後も、機に触れて、時には雄勁《ゆうけい》な、時には悲痛な、空飛ぶ凶器のような姿を、各歌集に閃かせる。

落雷に枯れたる大き橡一樹蟻はしばしばもうつろを覗く　『薔薇窓』（鳥の章）

われの目にふとしもあかるき洞ありてたかはらの青き木の實墜つるを　同

縁端よりのぼりきたりし鳥のあゆみ瞑《つむ》れるわれを罷りとほりし　同

午睡の部屋に鳥のゆききの自在なるわが怒りつつねむりに入りたり　同

鷹は「鳥の章」の、このような歌の間に出現する。火山山麓密林中の一つ家における、異様な緊張と虚脱感の交互に繰返される一連中に、飛行中何かに衝突して、ひきちぎられた鷹の片翼を見る。そこから「高き朴の香《かをり》」まで、作者の幻想は飛翔する。「生ける鷹」とは言いながら、血塗れの、あるいは瀕死の鷹であったと考えた方が、真相により近かろう。だが、作者の幻想の中で、作者の愛するこの鳥は、決して乱れず、墜ちず、馴れず、永遠に高みにあって、遠く飛び続ける。生きて歌い続ける人のように。

寒き皺立つる潦《みづたまり》越えむとしいつぱいの藍われに充つるよ

『薔薇窓』（神の指）

薄い藍色を「甕覗《かめのぞき》」と言うことは、たとえば「柳樽」にまで、娘心の譬喩《ひゆ》として用いられるくらいに、かつて知られていたようだ。藍甕は酸化を防ぐために、紺屋《こうや》の仕事場の奥の暗がりに並ぶ。覗いたとて、目に映るのは暗黒を湛えた水面のみであろう。作者の「越えむとし」たのも、多分、秋天を映しつつ、錫色の水皺《みじわ》を立てて、その底の底に藍を秘めつつ、実は甕一箇の容積と大差のない「潦」の深淵であった。

かつて前川佐美雄は『天平雲』に「さみだれの夜《よる》ふけて繊き月さすやこのさざれみづ渡りやられぬ」と歌ったが、この細流は、かちわたって、月光きらめく水を乱し、汚すことを虔《つつし》む心であろう。「越えむとし」た潦＝にわたずみ＝は、一跨ぎすることのできる面積であった。鑑《かがみ》にするには煩わしい漣が立ち過ぎていたであろうから、有って無い深淵は、一瞬覗いたのみで、みずからの面影を映すこともなかったかと思われる。

作者の幻想の容器に満ちる藍、それは外部から内部へと移されたものではあるまい。「われに充」ちていた藍を、その時、作者が、ありありと自覚したことの、一種の強勢表現であり、宣言ではなかったろうか。「いっぱいの」とは「万斛《ばんこく》の」「満満たる」と同義であって、まさに、ただ「一杯の」の意ではあるまい。むしろ素樸単純なこの形容詞を、それも平仮名書きすることによって、咽喉もとまで、藍がこみあげて来るような印象すら、読者に与えている。越えた後その藍は、あるいは溢れたのか。

溜水《りうすゐ》の湛ふる空の無底なれ墜つるすなはち透きとほりゐん　『飛行』（白雲）

しろき雲かがやきひそめ溜水《りうすゐ》よひとときとこしへの深さに充ちぬ　同

油澱む水のおもてに浮びたる白き太陽をわれはまたぎぬ　（落差）

放水の震盪止みし浴槽に透きたる秋の水充つるべし　『薔薇窓』（神の指）

にわたずみを跨ぐことを一つの儀式とする発想は、『飛行』の「白雲」において、最も顕著に現れている。彼女の「藍」はその頃既に、刻刻と幻想の胸を充たし始め、やがて咽喉に到ろうとしつつあったのか。「充つべし」とあるべきを、逸《はや》る心に、「べし」を連体形に接続させる変則文法にも、溢れてやまぬ藍の歓びと痛みを酌みとることができる。そして、作者こそ、一つの巨大な藍甕ではなかったろうか。

百合は不吉の花なるやも蒼白き百合の紋無き紋帖を閉づ

『薔薇窓』（黄金印《わうごんいん》）

たとえば梅鉢・細川桜・薩摩牡丹・十六菊、あるいは立杜若《たちかきつばた》・笹龍胆・会津葵・萩の丸・下り藤・土岐桔梗・薄の丸・光琳橘、また山口撫子・五三の桐・有馬《ありま》沢瀉《おもだか》・剣酢漿《けんかたばみ》、なお数えるなら、枝河骨《えだこうほね》・麻の花・抱茗荷《だきみょうが》と、紋所に見る花は、名のあるものだけでも二十に近い。加えて、少くはあるが影梨《かげなし》の花《はな》・花鉄線《はなてっせん》・花抱蘭と華やかに数を競い、まだまだ見られるものに、花の名だけ拾うなら、水仙・田字草《でんじそう》・蓮・梔子《くちなし》・椿・山吹・菫・蒲公英《たんぽぽ》・地楡《われもこう》・葛・柿の花・朝顔・夕顔・瓜の花・車前草《おおばこ》・連翹《れんぎょう》と、さながら植物図鑑を繙くような賑やかな眺めである。この他、葡萄・枇杷・桃等、その果実をあしらったものや、楓・梶・松・杉・柏・梶のように葉や枝を描くもの等を逐一数え立てるなら、最早植物尽しに近かろう。ついでながら唐辛子に茄子まで揃っているのには驚く。

にもかかわらず、まことに百合はない。殊更避けたかに使われていない。なるほど、万葉植物のおおよそは入っていると言っても、鴨跖草《つきくさ》・菖蒲《あやめ》・鶏頭《からあい》・紅花・檜扇《ひおうぎ》・浜木綿《はまゆう》・藤袴・萱草《わすれぐさ》・女郎花《おみなえし》・馬酔木《あしび》・紫陽花《あじさい》・空木《うつぎ》・李・躑躅《つつじ》・合歓《ねむ》・郁李《にわうめ》等は入っていないし古今集植物でも薔薇《そうび》は見えない。だが、たしかに百合の欠落はゆゆしい。

不吉であろうか。六月十七日、大和は三輪の大神《おおみわ》神社と率川《いさかわ》神社の祭に無くてかなわぬ山百合、聖なる百合花が凶であるはずはあるまい。六弁六雄蘂の聖花、菊に代って皇族の紋章に選ばれていても、いささかも不思議はなかったものを。イタリアの古都、花の都のフィオレンツァ、今日のフィレンツェの市の紋章は百合であった。英＝lily《リリー》、仏＝lis《リス》、独＝lilie《リーリエ》、西＝lirio《リリオ》、伊＝giglio《ジリオ》、羅＝lilium《リリウム》。イタリアだけが異を称えたように、変則的な表記を誇る百合《ゆり》の花、その大和言葉さえ、百合若＝ユリシーズの伝で、偶然の暗合の韻を踏んでいた。私は、今日からわが家紋を百合に変えたいくらいだ。

紋帳を閉じての後、作者もまた、百合家紋の幻の小袖を身に纏う。十二世紀の宮廷に、後鳥羽院御母君茨子に仕えた女流歌人に「百合花《ゆりはな》」がいた。庚和四年堀河天皇内裏の艶書歌合に「きてなれし袂は人に見せてましつらき涙の色の変らば」を残している。この花の名を女房名とした例を、私は他に知らない。歌わざる女房には数多いたのであろうか。従五位上大蔵大輔藤原永相女が何故この花の名を名告ったのかは不明である。

亂立の針の燦《きらめき》　一本の目處《めど》より赤き糸垂れてをり

『薔薇窓』（黄金印《わうごんいん》）

針山とはそのまま、一瞬地獄の一様相を連想させる奇怪な言葉であった。針刺・針立と言えば、あの針の林立は心に浮ばぬ。地獄の針の山とは、針の立つ方向が逆であるが、逆なら逆なりに、刺される者の身代わりをあの布帛《ふはく》製で毛髪を心《しん》に入れた形代が、無言でつとめてくれているのだ。縫針を針山に刺すのは、呼名こそ違え、洋の東西を問わぬ。

ミシン機械を用いることの多い洋裁にしても、原色鮮やかな燐寸針、否、燐寸のような頭を持つ待針は、針褥《ピン・クッション》に刺し連ね、刺し周らせ、目も彩な眺めを呈する。この眺めを転用して二十世紀後半の傑出した幻想派画家ジャン・カルズーは、尼僧頭のマヌカンに、彩針を無数に刺したトルソーを創った。無慙で蠱惑的《こわくてき》な作品であった。

この『薔薇窓』に現れた針は、その針山に、絹針、木綿襟締・紬襟締《つむぎえりしめ》・絎針《くけばり》・蒲団綴針・待針等、太細・長短、様様の針が、所狭しと刺されて、その微かな目処《めど》が、稀にはきらりと透いて見える。その中のただ一本、多分絹針から、艶やかな鮮紅の絹糸でも垂れて、あるとなき風か息吹かに、その端をそよがせていたのだろうか。「亂立」というから、林立より更に乱がわしく、斜交《はすかい》に、時には倒れる寸前の傾きようで刺されているのか。

針亂れ千々に刺したる針山にしばしば淡きコロナ立ちたり　『朱靈』「地上・天空」（紙鳶）

奔命ありがてぬ日よ細針に眞赤き糸をとほしいそぎぬ　『鷹の井戸』「山ありて水」（龍の水）

枝に搖れまなくし消ゆる毬の實の栗は窓の邊　針千本　（燭臺）

松の葉はくもりをぞ刺すおもむろにわが閉ざしたる肉眼を刺す　（遊塵）

やや尖端恐怖の傾きをすら感じさせる栗の毬《いが》と松葉の鋭い針をも含めて、この針あるところは、作者の地獄にして聖域ではなかったか。垂れた糸、通す糸、いずれも血の色、かつてかのミノタウロスの迷宮の道しるべに、アリアドネがめぐらした糸巻の糸は、果して何色であったのか。糸とは、何ものかを封じこめるための呪物《じゅぶつ》であり、何ものかを異次元に導くためのしるべであり、その痕跡でもあった。

しかも、作者はその道具としての針が、時には凶器となって眼を狙い、針千本が魔界を透視させることに、ひそかに戦慄する。「肉眼を刺す」という禍禍《まがまが》しい脅迫を松の葉にさえ思うならば、「赤き糸」とは瞼から滴るおのが血ではなかったろうか。

星ぞらの薄明みゆる　幾百の時計置かれしケースに
ちかづき

『原牛』「ひなげし充つる」（球）

　硝子張りのショウ・ケースの中に、鏤《ちりば》めるように配列したのは、腕巻時計であろう。幾百の中には、ジュネーヴから招待したかに、曰くパテック・フィリップ、ローレックス、パシュロン・コンスタンティン、オードマ・ピケ、あるいはまたローレックス、オメガ、ロンジン、ピアジェ、続いてモバード、シーマ、エテルナ、セルティーナ等等、最高級品から実用品まで、鋭く華やかに、冷たく誇りかに、きらめき並んでいることだろう。

　指輪に嵌めこんだ鮮麗な時計が、玻璃窓の入口を荘厳する。回転扉を押して陳列棚に到るまで、人は息を殺す。長身の支配人は向う向きに立っていて殊更のように振返らず、遥か彼方の一隅には修理職人が老いた眉を寄せて、病める時計を解剖しつつある。人は静かに件《くだん》のショウ・ケースに近づく。百の時計が、二百の時計が一瞬ひたと止まる。否、三百の時計が三百種の時刻をきらめかす。そしてショウ・ケースの天井に四囲の壁に、その時時計が犇きながら映り、映り合い、重なりつつ輝やき、かぎろい、霞み、それはあたかも星月夜の空の仄明り。「はろかなる星の座に咲く花ありと晝日中時計の機械覗くも」とは前川佐美雄『大和』の中の名作。星と時計は濃い血縁であろうか。

時計店にあまたの時計海に向きただにま青《さを》なる晴に刻めり　『縄文』(錨)

燦然と無慈悲なる富氷柱のごとく立ちたる飾窓《うゐんど》の中　『飛行』(短き草)

くらがりにわがみづからの片手もて星なる時計を腕より外す　『薔薇窓』(黄金印《わうごんいん》)

スコットランドの　荒地の　ヒースとふ匂ひ草匂ふま晝の柱時計より　『原牛』「ひなげし充つる」(球)

なぜにかく男子《をのこ》ばかりが押し合へる　時計修理承りどころ　『朱靈』「魚」(薔薇菓子)

脈搏の上にかさなり刻みゐる時計OMEGAの小月面　「熨斗」(鳴)

腕時計の壁面を「小月面」と見たこの眼の、底知れぬ視力ゆえに、今一つの腕時計をもまた「星なる時計」として、畏れかつ愛したのであろう。男子らが犇めきあう理由も、その、掌中に収め得る小惑星としての時計の、めくるめく、かつ痺れるような宇宙感覚ゆえであろう。これらの時計詠、佐美雄の一首を例外例とするなら、空前の、不思議な発想であろう。時計の内部のメカニズムをそのまま、人身大のオブジェに設えたものが、ジュネーヴ空港のロビーに飾られている。そこからは地球の滅びが見えるだろうか。

雉の鋭《と》ごゐおこりくさむら戰ぎたりこころ異變に飢うるさびしき

『原牛』「ひなげし充つる」（瀝靑）

ひたすら平穏無事を祈願する主題など、詩歌においてはしばしば通俗に堕する。それが退嬰と退屈に繋がるからでもあろう。異変を恋うる心とは、異恋を怖れる心の裏返しでもあった。高処恐怖症がそのまま、墜落願望の屈折した発露であることと揆を一にする。しかしそれにしても、と私は思う。異変は咽喉《のど》もとを過ぎる熱湯であろうか。

竹煮草しらしら白き陽を黐《かへ》す異變といふはかくしづけきか　『橙黃』「霧の花」（そのあした）

なにごとのありしや　あるひはなかりしや電線みゆる硝子戸遠し　「橙黃」（俯瞰）

おそろしき飢と寒氣に山を見し戰爭は凜々《りり》と美しかりし　（幻出です）

戦争は異変であろうか。天変地異の一つならず、人災と呼ぶべきかも知れぬ。だがすべての災厄による損害を補償する「保険《インシュアランス》」すら、この戦争は天変地異と等しく扱って、救済塡補を拒む。戦争の悪を今更口角泡を飛ばして論じてもらわずとも、作者にしろその渦中にあって満身創痍となった一人である。ああ、第一、戦争を企てる人にしても、叡智の粋を身に聚め、万人に選ばれた人物ではなかったか。人間が存在する限り戦争は生れる。百人の反戦論者と百人の平和論者はついに互に鏖殺《おうさつ》を冀《こいねが》うに到る。

雉子の草隠れなる言葉あり、頭部のみを茂みに隠して、尾は顕《あらわ》れ、たちまち狩人の発見するところとなる。またそのけたたましい鳴声も、所在を告げるに等しい。「雉子鳴くや朝日にふるふ木々の雨・吟江」「雉子鳴くや雲の裂目の不動尊・淡々」などと、その鋭声は俳諧の好餌であり、茂吉『あらたま』にも一連の秀作が見られる。

薄光硝子冷室を閉ざしたり　天變地異にあらざるまひる

『鷹の井戸』「阿媽のごとくに」（水衣）

眞裸の鳥のひひなのこゑを聞くひととき青きそらに傷めり

（飛行）

天変地異、かつはまた人災の極まる日日、私達はいかほど、平穏無事を恋うたことか。傷だらけの心身が、いかにおろかに、健やかな肉体をしも望んだことか。それを知るゆえに「こころ異變に飢うるさびしさ」の「さびしさ」はある。この結句のために一首は、一瞬にして悲しく傾き、蒼みを帯びようとする。「こころ異變に飢う」「飢ゑたり」と歌い納めなかった作者の「さびしき」に、一首は発光する。しかも「さびしき」と言いつつ、いつの日か、肉と心の瘢痕を撫でつつ、また異変を期待するだろう。

おほき翳り菜畑の黄金《わうごん》に落ちゐたり　突如聴くなる魔王のうたを

『原牛』「原牛」（魔王）

シューベルトの「魔王《エルルケーニッヒ》」は青葉闇となる寸前の、六月の黄昏に聴くのを、私はかつて好んでいた。あるいは、さもなければ、雪が降るだけ降って晴れ上った真昼間を候補に挙げることもあった。「菜畑の黄金《わうごん》」と聞いて、はたと膝を打つ。あのめくるめく鮮黄の輝きは、まさに魔王の曲の背景には、恰好な惑わしに満ち満ちている。

だが、さて、あのゲーテの訳詩そのものの季節はいつになっているのだろう。子をしっかりと抱きかかえて家路を急ぐ騎馬の父親は、何物かに怖れ戦くその子に、しきりにそのゆえよしを訊きただす。魔王の囁きを幻聴する子は、喘ぎかつ叫ぶ。たしか、あの情景の凄じさを、更に唆《そそ》り立てるのは凩ではなかったか。私は思い出す。あの時の悲しい父の言葉を。語り手の言葉がそれに先立つ。「かくも更けて、この風の夜の、その闇をついて馬を駈るは誰」と。子供が魔王の優しい声が聞えると言うと、父は「子よ、憂ふる勿れ、あれは枯れ凋《しぼ》める木の葉の風にざわめく音ぞ」と諭す。子が魔王の娘達の姿が見えると言えば「いなとよ、わが子、何もなし。見よ、灰色の古き柳あるのみ」と答える。

さすれば、歌曲「魔王」の季節は晩秋・初冬であろう。だが、それを作者が知らぬはずはない。彼女は、魔王自身の言葉の季節を幻想したのだ。すなわち彼は歌う。

めぐし子よ、いざわれと共に来よ、をかしき遊戯《いふげ》をばなさむ。彼方には麗しき花もさはに咲くなり。わが母許《ははがり》には黄金の衣裳もあるを。

花と金の衣の誘う幻像は、紛れもなく菜の花畑の、酣《たけなわ》の真昼間であろう。初旬の脅迫、「おほき翳り」とは、たまゆら空を過ぎる叢雲でもあろう。陽を遮るその墨色の影は、魔王の翻す衣であった。結句は、厳密に言うならば「魔王」なる歌曲の中で歌われている登場人物たる『魔王』の持歌ということになり、あの凄じく底籠る低音は、一瞬きらりと、金色にきらめく。「おほき翳り」の、その円の内部で異変は現ぜられる。

見渡す限りの菜種畑など、日本では最早ほとんど見られなくなった。もし見たくば、四月末から五月中旬頃、たとえばパリ南方、イル・ド・フランスからソローニュ地方を経てリヨンあたりを旅するなら、行く先先で、目もくらむような菜の花の海に出会うだろう。もっとも、それも一九七〇年代終りの見聞、いつまで続くかは保証の限りにあらず。

をみなへしの微粒きらめく晝あるのみ　めぐり災厄のごとく人ゐぬ

『原牛』「原牛」（とんぼ玉）

敗醬《おみなえし》科の敗醬《おみなえし》と書けば、あの金色《こんじき》の微粒が、まさに敗《くさ》った醬《ひしお》のような臭気を放つことを思い出すだろう。漢名で、このような悪意に満ちた文字を持つものは、珍しいのではあるまいか。現代の感覚では「女郎《をみな》」も快い文字遣いとは言えまい。もっとも、偶然と言おうか、ラテン名の scabiosaefolia の scabiosae もまた「疥癬に罹った・腐敗した」の意で、いずれにしてもろくなことはない。だが、古歌の秋にはなくてかなわぬ歌枕植物の随一であった。たとえ、茶道では禁花であろうとも、私は花店で売り出すと早速買って来て、私が絵付した瀬戸の魚鳥文角花瓶に投入れる。山野に咲いたのを見たことはない。

淡黄の泡立つような複房状花序は、初夏の、茴香《ういきょう》の薄黄の繖形《さんけい》花序《かじょ》と共に、わが愛するものであるが、実りなと期待せぬ前者の儚さは、一入趣がある。この歌の女郎花は群生であろう。初秋の真昼の山か丘か。松林の、松籟の他の何も聞えぬ環境では「めぐり災厄のごとく人ゐぬ」とは言うまい。雛芥子の花の海に、耕す人の影も見えぬ時も、この下句はふさわしいように見えて、かえって煩わしかろうと思われる。

凍《し》みし菜にこころ萎えゐしくらがりに鮮黄くらむ菜の花を見き
『橙黄』「霧の花」（凍る時計）

砂金のごとく陽にきらめけるをみなへしこころ貧しくみるべきならず
（凛々《りり》）

氷室《ひむろ》の毀たれしあと一原にきらめくは風の女郎花《をみなへし》ばかり
『葡萄木立』「啄木鳥」（啄木鳥）

火山灰土のうへなるそら碧かりき　をみなへし砂金のごとく搖れゐき
「穀倉」（穀倉）

歌集『橙黄』の「砂金のごとく陽にきらめけるをみなへし」は、敗戦の、多分数日後の作であろう。この時も、「フラスコの透明に似し秋日《しうじつ》のわれの歩みに従きくる山」のように、周囲は無人であった。そして「災厄のごとく」ではなく、文字通り災厄そのものの結果として、誰一人いなかったのだ。世の終末、少くとも日本の惨憺たる最後を語るべき、怖ろしい証人は「無人」であった。「めぐり災厄のごとく」と言う時、作者の脳裏には、まざまざと、その時の砂金の女郎花の群が風にざわめいていただろう。

それかあらぬか、この一連の中には「戰爭はふと思ふべく須臾たりしかの農の土間にものを乞ひにける日よ」他、苦苦しい記憶を、彼女の美学を裏切ってまで、生《なま》の言葉で記し止めている。その汚辱のために、おみなえしは更にきらめく。

ゆきずりの麺麭屋にある夜かいまみし等身のパン焼竈を怖れき

『原牛』「灰姫」（雪藏）

深夜、あまりの息苦しさに目を薄く開いて見ると、自分は鉄製の容器の中にすっぽりと嵌めこまれており、出口と覚しい扉は、外から閂がかけられているらしい。ああ、これは今夜、ふと街の麪包《パン》屋《や》の裏通りを歩いていて見かけた、あの麪包焼きの竈《かまど》に違いない。必死になって救いを呼ぼうとするが、既に火気のために咽喉が腫れ上って声が出ない。

結句の「怖れき」を、こうまで穿って解釈してしまっては身も蓋もあるまい。作者は単に「怖れき」と、自分自身にさえ聞えぬくらいの小声で呟いているのみである。何も、あの等身大の麪包《パン》焼竈《やきかまど》で、自分が故意にか誤ってか、焼かれるという被害妄想に、一瞬陥るとなど言ってはいない。勿論、自分が、誰かを麪包《パン》代《がわ》りに焼き殺す危惧と、その予感に戦いているとも、ここでは洩らしていない。読者に判断をゆだねたのでもない。

明らかに、彼女自身いずれとも判断のつかぬ、得体の知れぬ懼れである。更に、加うるに、あの麪包焼竈では、アウシュヴィッツの瓦斯室擬《もど》きに、夜夜誰かが次次と、誰かを焼いているのかも知れない。人間と等身の竈を造る必然性はあるのか。身長の二倍、あるいは二分の一であったら、効果が悪いとでも言うのか。思えば思うほど面妖である。さて、人人は、あの童話「ヘンデルとグレーテル」の大団円に近い凄惨な魔女殺しの場面を記憶しているだろうか。魔女がグレーテルを殺すのではない。その逆なのだ。

　魔女が竈の中の温まり具合を調べて来いとグレーテルに命ずる。悪意を覚った少女は、入り方が判らないからとしぶる。魔女が身を以て垂範しようと、頭を突込んだ時、グレーテルは力任せに彼女を押し、竈にはまりこんだのを見澄まして鉄扉を閉じる。「等身のパン焼竈を怖れき」とは、あるいは、魔女の悪夢だったのかも知れない。

　私にも麪包焼竈の作が、実はある。歌集『緑色研究』の「反神論」中の一首、「麪麭屋竈に薔薇色の舌つみかさね　けぶりたつロートレアモン忌日」。人間の舌を千枚集めて、こんがりとローストするのに、「等身」である必要はない。「料理長《シェフ》殿、ご用心」なるラッド・コッチェフの映画では、世界の名だたる名料理人達が、厨房で、しかも蒸焼竈《オーヴン》その他の料理用設備や器具で、焼き殺されたり圧し殺されたりする。なかなか楽しい趣向がたっぷり見られた。食人趣味《カンニヴァリズム》が復活したら、少女の桂剝《かつらむ》きなどいかがであろう。

雪しづか終世《ひとよ》めとらぬわが兄をゆめ純潔とおもはざれども

『原牛』「灰姫」（雪藏）

独身と既婚が浄・不浄を分つ基準にならぬことは自明であろうに、人は前者に、うちつけにカトリックの神父などを連想して、生涯不犯を神聖視する。神父の大本山ヴァティカンが世界一の春画の宝庫と聞けば、そのあらたかさもけし飛ぼうし、そのかみの免罪符売りの結構な功績を知れば、なるほどと、系譜の正しさを頷き、独身とは毒身の、文字遣いの誤りではなかったかと目をこすりたくなる。それはそれとして、私は、結句に、一瞬目を見張らずにはいられない。それも「おもはざれども」の「ども」に。

人生の簡素を賞《め》でて五十年遂にめとらざる兄をもてりき

『飛行』（碗）

青き木の實の憂愁匂ふうつくしき壯年にしてめとらざりにき

『原牛』「ひなげし充つる」（瀝青）

小羊の皮を愛してひとり棲む兄よまぶしき海の邊あらん

「原牛」

実兄が一生《ひとよ》か一世《ひとよ》かを独身で過したか否かに、私はさして関心はない。ただ、歌集と呼ぶ、頗《すこぶ》る創作的な人生記録に、逆に言えばまことに忠実に人生をなぞったかに見えるこの虚構の詞華集中に、間歇的にこの独身の男が現れる時、そこには無気味な、そのくせそこだけがたまゆら聖別されたような印象を与えることを嘉《よみ》し、かつ悲しむ。

妹は言う。「人生の簡素を賞《め》でて」「うつくしき壮年」「小羊の皮を愛して」と。描き上げられた理想像の一種であろう。文飾は綺麗事を造り上げる。私はこの作中人物の背後の地獄にこそ、作者が最も興味を持ち、かつそれを抉り取って、詩魂の照射をあてて、初めて、事実にせよ創作にせよ、「兄」なる存在は生れたものをと思わずにはいられぬ。

その口惜しさは「おもはざれども」の「ども」に凝った。そして「ども」は千金の価がある。「人生の簡素」以下の精彩ある兄への頌詞は、「純潔」もしくはそれに近い状態の証明であった。しかも「ゆめ純潔とおもはざ」りと、彼女、妹は一度は口にしかけた。不潔を、汚辱を篤と知っていたからであろう。それがむしろ自然であった。

けれども、打消そうとしても、肉身の、惻隠の情が彼女を責める。不潔であったと思うのか、思い続けていたのかと、あたかも他界からの輪唱《キャノン》さながら、声なき声が耳もとに及び、たゆたう。彼女は筆の穂先を舌で湿らせ、しずかに二字「ども」を加えた。だが、この歌は、ここでは終らぬ。「ども」の次には更に残酷な言葉も添え得るゆえに。

草上晝餐はるかなりにき若者ら不時着陸の機體のごとく

『原牛』「劫（Kalpa）」（みえざる湖）

まさか青年処女の一団が、飛行機の機体に見えようとは。かのロートレアモンすら、蝙蝠傘が解剖台に見えるとまでは言わなかった。「ごとく」という直喩法修辞は、狭義リアリズム信奉者達の場合、往往にして常識を出ず、十数世紀前の唐詩の後塵を拝して、更に色褪せる。ゆえに、私は「血のごとき紅椿」や「雪のごとき白梅」に面を背けても、この「不時着陸の機體」を珍重し、かつこれに拍手したい。

だがこの直喩、つらつら眺めるなら、決して唐突でも非合理でないことも、おのずから判明する。直喩の傑作の含むべき唐突性や非合理性のミニマムは厳として保留しながら、意外に明快な部分もある。まず第一に、この草上に、彼等若者は闖入者であり、突然現れた邪魔者であった。しかもその乾いた眼つき、騒騒しい立居振舞、がさつな進退挙止、すべて「文明」が生んだ戦後の「野蛮人」の感がある。他人の思惑など一切念頭になく、むしろ迷惑を楽しむかに、かつ、世界は自分を中心に周っていると錯覚したかの発想ですべてを無視して、ひたすら行動に移す。ああ「不時着陸の機體のごとく」！

一九五九年、当時六十五歳のジャン・ルノワールは、前前年の「フレンチ・カンカン」や前年の「恋多き女」に続いて、「草の上の昼食＝Le déjeuner sur l'herb」を制作している。その父、大画家オーギュスト・ルノワールの次男ゆえに、故郷の旧家に赴いてここを舞台として、楽しんで作った喜劇であった。人工授精こそ二十一世紀への、人類向上・繁栄の正道と信じて疑わぬ生物学者が、欧州連合国の大統領候補に担ぎ出され、その上、斯界を牛耳る怖るべき貴婦人と無理矢理婚約させられるが、華燭の典寸前にかわいい田舎娘に心を奪われて、ついに持論もどこへやら、彼女と結ばれるというお話。

心ある人ならこの映画に「草上晝餐」漢語のみの四字の題を与えた方が、画家への供養にしたことだろう。「不時着陸」に、明らかに漂う諧謔と諷刺、これこそ、映画へのほほえましい押韻であり共鳴ではなかったろうか。生物学者は、はからずも、草の花の香溢れる娘の上に、「不時着陸」して、その後翔《かけ》ることはなかったのだから。今一つ、第二句の「はるかなりにき」も、微妙であり、この草上昼餐にマネの傑作を含む印象派絵画を蘇らせる。灰薔薇色のフィルター越しに望見する景色、それも時経て後の回想である。

忘れゐし肉親のひとりローマの街角を曲る暑熱のローマ

『原牛』「劫（Kalpa）」（晶）

もともと「肉親」とは親子・兄弟姉妹を指すとしているようだが、義父、継母、異母兄弟・異父姉妹、あるいはそのヴァリエーションを細かく数えて行ったら、一人ずつにしたところで夥しい数に上るだろう。忘れていたところで、必ずしも不思議でもあるまい。それどころか、直系尊属であっても、縁が薄ければ、双方生きていても忘れる。

しかしながら、この歌の躓きつつ、吃りつつたどる三十二音は、肉親を「忘れ」ることの意外性によって、特殊な感動を与えるのだ。計三十二音は、定数よりわずか一音の余剰なのだが、その各句構成は〈5・8・4：8・7〉という異常な破調である。もし全くのフィクションならば、「忘れゐし肉親ひとりヴェネツィアの街角曲がる寒のヴェネツィア」でも一首は成立する。しかも、かなりの佳品として通るだろう。

一見、不用意にも見えるこの破調は、唇に逆いつつも、抗しがたい迫真性を以て読者を魅する。不規則な各句音数の加減も、必ずしも計算とまでは考えられぬまでも、広義の技巧と見てよかろう。しかも、それは「暑熱」とした「季節感」によって、狂熱に近い、錯乱すれすれの、しかし既に時効にかかったような「劇」を思わせる。

靄の日の小さき劇場《こや》の奥がに酷暑人無きローマ映りたり　『葡萄木立』「片手」（走る犬）

北半球の大いなる都市に靄立ちて靄の中に人は重き火を運ぶ　同

歌集『葡萄木立』の「酷暑人無きローマ」を記す時、作者は『原牛』の「暑熱のローマ」を記憶していただろうか。恐らくは「肉親のひとり」同様、ほとんど忘れ去っていたに違いない。思い出したのは忘れていた証拠であり、間もなく忘れる前提であった。ローマの街の暑熱はしかしながら、東京の暑熱とは異る。湿度の低いこのイタリアの炎暑は、太陽光のあたっている所の話で、木蔭や建物の内部にあっては、ひやりとするくらい涼しい。年にもよろう、場所にもよろう。だが、日本のあの陰険で執拗な湿熱は、ローマではむしろ例外例としてしか経験しない。この歌の一つの救いである。

作者はかつてローマに遊んだ折、ホテル＝レオナルド・ダ・ヴィンチに投宿されたかに聞き及ぶ。テヴェレ川が真東の極く近くを流れるコーラ・ディ・リエンツォ街の北、肉親が曲がったのも、あるいは、あのあたりではなかったか。

ピレネーを越えむとなして書きにけむ一枚の葉書もの断つごとし

『原牛』「黄道」（翅）

ピレネーを越えると、もうそこは欧州ではないと言われる。ムーア人の血の臭う、金と紫に彩られた異族の国との意であろう。その言葉、その観点を前提とする時、「もの断つごと」き葉書をしたためるのは、フランスからスペインへの「越え」であるべきだ。下句がなければ、独立した一首中のピレネー越えは、逆にスペインからフランスへの経路でもあり得る。下句が、否応なく、異境への脱出、あるいは遁走を思わせる。

たとえば、極く常識的な経路でパリからマドリッドへ行く時、旅人は、旅人を乗せた車は何処を通るのか。地中海沿岸を通るジェノア＝バルセロナ間の、所謂「コスタ・ブラーバ」はピレネーなど越えない。大西洋沿岸添いに、バイヨンヌとサン・セバスチャンを結ぶ道も、迫る山脈を仰ぎはするが「越え」はしない。ピレネーを越える大道は、ポーからサラゴサに通ずる一筋と、タラスコンからバルセロナに通ずる一本だが、この頃、こんな道を通って西へ赴く人がいるだろうか。「一枚の葉書」は、多分、間違いなく、飛行機の中で書かれたものだろう。何度か空路マドリードに赴きながら、高処恐怖症《アクロフォビア》の私は、ピレネー山脈を越えるところを瞰下《みおろ》したことがない。瞰たとて、一望千里の赤膚の山山山、どのあたりを通過するのか、確認できるはずがない。にもかかわらず、この歌の「ピレネー越え」と「葉書」の鋭い絡みあい、響きあいは、わかる。

スペインの城の寫眞にみいりてあなさびし銃眼と屋上の井戸　（翅）

雲うごかぬ晝のひととき　スペインは黒鳥のたぐひにあらじか　同

スペインは水涸れし荒土なるとき　ひとみしつかに行かむ旅行者　同

セゴヴィアのアルカサールや水道橋を見ていると、渇水期のスペインの、スペイン人の恐怖が身に迫るようだ。現代でも、それが晩春・初夏の候でも、太陽の照り渡る下、土は一様に赤く爛れて、過ちのように黒緑の橄欖樹があるだけ。陽光を反射する白い石造の家が、これまたいたずらに、ばら撒いたように点在する。タホ河の水を控えたアランフェスの庭や、噴泉と細流と池とを人工で鏤めたグラナダのアルハンブラ宮殿、ヘネラリーフェの庭が、いかに贅沢な、スペイン人やアラブ人の、夢の実現であったかが理解できるだろう。「ひとみしつかに」行く以外、旅人には方法がなかったのだ。

ヘロデの玉座冷えて遺らん　砂荒れてひろき死海のほとり

『原牛』「黄道」（黄道）

このヘロデは大王であろうか。あるいは、その不肖の子、ヘロデ・アンティパスであろうか。いずれにしても面白い。「玉座」と言うなら、父王の方がやや、よりふさわしい。いずれにしても、二人ともどもに、この第三句が一字空白のそのブランクの彼方に葬り去られた、破格の文体の反映するように、不吉で、終りを全うしていない。

二句切で一拍置いて、作者は初め、いかなる第三句を用意したのだろう。書いて掻き消した爪の痕が、ブランクの下に見える。その爪の痕の、紀元前四年、死の直前のヘロデ大王は、死海東岸のマカイロスに近いカリロエの硫黄泉にいた。悪性の腸癌で腹は膿み爛れており、血膿と蛆が寝台を這うような惨状であった。熱泉浴も彼の末期症状をやわらげることなく、かつて殺した人人の亡霊に脅され、また側近のすべてが暗殺者に見えた。彼ほど、生前犠牲者のために怖るべき拷問と刑罰を案出した暴君はかつていなかった。ラビ＝ババは蝟《はりねずみ》の皮を裏返してかぶせられ、眼も耳も舌も刺し抜かれた。悪業の報いとはいえ業病とは言え、ヘロデ大王は、七十七歳の齢を以て、殺されずに死んだ。

彼が坐っていたエルサレムの城の玉座も、エリコの離宮の、薔薇苑に囲まれた玉座も、なお久しく燦然と輝いていたことだろう。イエスの生れたのは、ヘロデ大王の死の二年前であるが、その翌年、彼は最後の悪業、嬰児鏖殺《おうさつ》を実行したのだ。彼の死後、領土はアケラオ、ピリポ、アンティパスの三子に分割され、ガリラヤの領主となったのはアンティパスである。彼はピリポの妻であったヘロディアスをわがものとした。彼女は娘サロメを連れて、イツリアからガリラヤに来た。紀元二十九年三月、洗礼者ヨハネの殺される挿話は周知の通りである。この時、この不肖の子、ヘロデ・アンティパスの玉座は、しかし、かつての光は亡せていた。ローマから派遣された総督、ポンティウス・ピラトゥスの威光の前には、翼翼として手も足も出ぬ僭主であった。彼はイエス磔刑の後九年存《なが》らえていた。

怖るべき幻想、死海の塩の結晶と、砂漠の石英のぎらぎら光るただ中に、宝石の象眼も所所剝げ落ちた玉座の残骸が、「冷えて」残る。あの、真昼は五十度以上になり夜は零度を割るという死海沿岸に、なお冷え冷えと、象牙細工の肱掛も歪んだまま、「遺」されるとか。死海は年中、終日終夜、腐った鉱臭を放って、どろりと湛えられている。

星は怒りてゐるにあらじか、漆黒のそらに呟き男は
去りたり

『原牛』「黄道」（黄道）

怒れる星とは何の星、歳星・熒惑星《けいこくせい》・太白・辰星・塡星、すなわち木火金水土の五星の中で、怒気を感ずるのは火の熒惑星であろうが、だが、梁塵秘抄口伝集にも見える聖徳太子伝暦中の挿話には、敏達・用命いずれの御宇にか、難波の宿館で土師の連という歌の上手に二重唱を挑んで、逐われ、住吉の浦に消えた者あり、これが熒惑星の化身とあり、その昔からこの星は地に下りて人となり、童子の間に交り、未来のことを唱うとされていた平和な星ゆえ、怒ることもあるまい。太白は宵の明星、待宵の恋人達を照らす星は、微笑がふさわしかろう。茂吉は『赤光』に「なげかへばものみな暗《くら》しひんがしに出づる星さへ赤からなくに」と歌った。多分これも火星であろう。星は憂愁と悲哀のためにきらめいても、瞋恚《しんに》のために燃えることはあるまい。あるまいと思われる。

だが、それは「星菫派」を含めたわれわれの固定観念ではなかったろうか。きっと、星は

怒っているのだ。少くとも今宵、この漆闇の、盲目の夜空の底で、見えざる星星は、おし黙って、怫然《ふつぜん》と、慍《いきどお》りを含んで、冷やか炎えている。「星は怒りてゐるにあらじか」とは、夜空を眺めた男の独言であった。その言葉を吐いて、立去り、後姿の消えるまでを、作者はつぶさに眺め、見送った。彼は作者の代りに呟いたのかも知れぬ。

春星の眞珠星《スピカ》しらみて己燃ゆる熱度三萬六千度とふ　『橙黄』「橙黄」（眞珠星）

咽赤く病みゐるときにとぼしらに硝子にうつる冬星の影　（冬梨）

窓に碍子《がいし》黒き夜　星黒き夜　われはなにゆゑに群《むれ》、を怖れし　『原牛』「劫（Kalpa）」（風衝）

星と星かち合ふこがらし　ああ日本はするどき深夜　（しじま）

高窓に釘の頭《づ》ほどの星あらはれかつは消えたる未明をしらず　『朱靈』「魚」（紙靈）

星は各の歌集の、とある夜、とある暁に、思わぬ方角から光を投げる。だが、改めてその光を見ると、なるほど哀愁や憂悶の光よりは、明らかに鋭い悲憤の光を放つことの方が多いようだ。「釘の頭ほどの星」、この凄じい直喩はどうであろう。あたかも十字架のイエスの掌と足頸を貫いたあの釘の露頭の鈍い光。それ以外にこの「釘」の幻像があり得るだろうか。星は怒っている。「三碧木星天河水」、ユピテルの星は、二月の濃藍の空の底で、しずかに、末の世の、詩歌の衰えを怒っている。

卓上にたまごを積みてをへしかば眞珠賣のやうにしづかにわれはゐる

『原牛』「黄道」（黄道）

脆《もろ》いと言えば、真珠もまた、鳥の卵より脆いのかも知れない。相似形の、二つの楕円円錐は、母胎から転《まろ》び出た新しい生命の脆さを、その固くて軟い膜の内部に満たせて、人の掌から掌へ移ってゆく。この卵は、たとえば復活祭の彩られた卵であろうか。厨房の、調理される前の卵であろうか。家妻の、とある午後の倦怠か、聖処女のとある暁の不安か。

いずれにせよ、「累卵」の、その危く穏やかなたたずまいを統べる一人のまどかな女人は、一瞬みずからを「眞珠賣」に変身させた。「卵」から「眞珠」への転調もしくは変貌の奥に、何が介在するのかは一切不明である。卵殻の内部のあの滑らかな感触と、粘液状の卵黄と卵白。真珠貝の中の真珠に触れる貝の冷い肉と臓器。いずれもその官能的な連想のゆくすえは、「母胎」以外にあるまい。「われはゐる」の「われ」は作者自身であって、そのわれは、たとえ創作上の一人称であろうとも、男ではあり得ない。

私の耳には今、ビゼーの「真珠採り」の主役のテノールの甘いアリアが響いて来る。婆羅《バラ》門《モン》の尼僧に寄せるセイロンの真珠採りナディールの、「耳に残る君が歌声」。尼僧はかつてナディールの愛人レイラであった。「あの声が私をおののかせる。過ぎた日の思い出をいきいきと蘇らせる」と、このアリアは、たとえばそのかみ、ベニアミーノ・ジーリの得意とするところであった。その昔、濠洲東北、英領の木曜島こそ、世界に聞えた真珠の産地、アラフラ海もそれに続く真珠の故郷と聞いていた。

　卵はふと虚像なりしか　あかるき空間にわれとかさなりて　『葡萄木立』「穀倉」（穀倉）

眞珠秤眞珠を載せず眞珠商白堊の室を閉ぢゐるところ　『朱靈』「夕べの聲」（發光）

一握り布に撒きたる眞珠粒《りふ》かひこのいろに曇る一瞬　同

眞珠にありしあなやひきつれ圓かなる黄白《わうはく》眞珠にルーペを當てゐて　同

肉眼に違和なき眞珠おほき眞珠白色燈下《か》に煌たり　同

作者が真珠売に変貌した日の遥か後、私は『朱靈』の「發光」歌篇中に、真珠商店舗内における彼女を発見した。この偏執的なまでの真珠愛。「われをりき」の一首は、最早、彼女が、真珠商でも真珠売女でも、まして真珠採りでもなく、真珠を宿し、はぐくみそだてる真珠貝そのものに変身した記念として、ここに記されたのだろう。

いまわれはうつくしきところをよぎるべし星の斑《ふ》のある蝶を下げて

『葡萄木立』「葡萄木立」（葡萄倉）

そこを横切って作者は「何処へ行く」のか。「クォ・ヴァディス」と問う人もないままに、そこを横切って、往こうとするのか還ろうとするのか。どこへ行こうが還ろうが、彼女は、この時顧慮しない。ただ「うつくしきところをよぎる」ことにのみ関心があった。「うつくしきところ」とは、いかなる次元なのか、一言も触れない。反問を許さず、誘わず、すらりと言ってのけた。気を呑まれて問う暇さえない。

この人が、かくもはっきりと「うつくしきところ」というのだ。信じる他はあるまい。何しろ、彼女の手には「星の斑《ふ》のある蝶」が、異次元の水先案内人さながらに、微光を放って吊るされているのだから。蝶の星の薄明りを頼りに、彼女は漂うように「うつくしきところをよぎる」だろう。よぎられた刹那、この美の空間と時間は消え去るのではあるまいか。さもあろう、彼女だけしか目撃者は存在しないのだから。私達にできる唯一のことは、私達が、その次元には不在であったことの証明のみである。

それにしても「星の斑《ふ》のある鰈」とは。名の通り、「星鰈＝Veraper variegatus」が南日本にはいる。棘鰭目鮃科の硬骨魚、眼は右側にあり、反対側に星斑が数多点在する。だがこの斑紋は褐色で、さほど美しくはない。むしろ今一種の「星達磨鰈《ほしだるまかれい》」こそ、この歌の鰈にふさわしかろう。なるほど団扇形の輪郭はやや重苦しいが、淡茶色の肌に点点と鏤《ちりば》められた星斑は淡青、それに名にちなんでか、その故郷は東印度と聞く。ラテン名も美しく〈Platophrys Myriaster〉と称されるらしい。星斑のある魚は、鰈の他にも、星鮫《ほしざめ》・星蟬魴鮄《ほしぜみほうぼう》・星樽見・星野栗・星海豚《ほしふぐ》と多士済済。昆虫に星白蜻蛉《ほしじろかげろう》・星枯葉蛾《ほしがれは》・星笹螽蟖《ほしささきり》・星紅下燈蛾《ほしべにしたひとり》・星星黄蝶《ほしぼしきちょう》、鳥には星瑠璃鳥《ほしるりちょう》・星羽白・星鳳雀《ほしほうじゃく》・星椋鳥《ほしむくどり》・星墨其西哥鸚哥《ほしメキシコいんこ》等。

思うに「うつくしきところ」とは、現世と他界の境にでもあるのだろう。露払いには眉目すがやかな侍僮などがふさわしかろうが、それではむしろ即きすぎよう。扁平に押し拉がれて目を片方に寄せた醜い魚、鰈こそ、可憐な蹕《ひつ》の役目を果してくれる。それは宮廷に飼われている道化の侏儒に等しい。星斑の衣裳もおのずから生きてくる。怖らく、彼女自身にも、「うつくしきところをよぎ」って後の、みずからの行方は知るべくもない。不吉で痛切な時間は、いつの日も「べし」という推量形のまま止っているのであろうか。

みちのくの岩座《くら》の王なる藏王《ざわう》よ耀く盲《めしひ》となりて吹雪《ふぶ》きつ

『葡萄木立』「葡萄木立」（北の靈）

天磐座《あめのいわくら》に高御座《たかみくら》、千座置座《ちくらおきくら》、それを統《す》べるのが座王、作者は吹雪に四方八方昏む中に立って、高らかにその名を呼んだ。名乗の時「くら」と訓むのは位・座・爵・藏・府・掠・椋・牢とか。座王は山の名である前に、金剛座生権現の謂であった。忿怒身、右手に三鈷を握り、臂を怒《いか》らし、左手で腹を押え、三眼怒視して魔障降伏《ごうぶく》の相を示す。またの名が座王菩薩。太平記の二十六巻には凄じい記事があった。「承平四年八月朔日ニ、笙ノ岩屋ノ日蔵上人頓死シ給タリシヲ、蔵王権現左ノ御手ニ乗セ奉テ、炎魔王宮《ワウグウ》ニ給フニ、第一ノ冥官《ミヤウクワン》、一人ノ倶生神《クジヤウジン》ヲ相副《アヒソヘ》テ、此ノ上人二六道ヲ見セ奉ル」。

連作「北の靈」は、蔵王権現の宰領する熄火山蔵王に、あまつさえ雪のさ中を登りつめて、その全貌を目のあたりにする圧倒的な調べである。作者の見るこの悪魔降伏の猛猛しい山容は、降りしきる雪におおわれて、全山盲いた不吉な存在であった。中央火口丘を五色岳と呼び、その西方には爆裂火山に水を湛えた蔵王沼、外輪には西に熊野岳が聳え立っており、南は刈田岳が見える。それらもすべて、経帷子の雪をかぶっていた。

こどもようしろをみるなおそろしき雪の吹溜《ふきだまり》藏王《ざわう》は冷えてゐる　（北の靈）

なぜに山はかくも盲《し》ひつる　燦らんとして雪眩しきに　同

おほいなる雪山いま全盲　かがやくそらのもとにめしひたり　同

小屋と小屋せまれるあひに見えてゐし夜の雪山ふとしもわらふ　同

堅雪の斜面晴れつつ樹氷立つすなはち天邊に墓標のむれ　同

われはいま氷の墓原に出没す奇怪ならじか杳けし　人よ　同

照る尾根のうしろ暗けれかの尾根のうしろただちに削《そ》げてをらじか　同

硝子細工の、崩れ落ちる大伽藍のような樹氷を背景に、恍惚と立ち尽す女人の像が見えて来る。全盲となったのは蔵王のみではない。恐らくは作者の眼も、この時雪盲となっていたのであろう。漆黒の雪の中に立つ白髪の座王権現、彼はその初め地蔵菩薩の姿で現れたが、未来悪世を済度するには、そのような柔和忍辱《にゅうわにんにく》の相はふさわしからずと優婆塞《うばそく》に言われ、一旦伯耆《ほうき》大山《だいせん》に飛去って、その後出直したと伝える。「岩座《くら》の王なる藏王《ざわう》よ」と呼びかけた時、この魔王以上の王は、盲いる寸前の眼を見開いたことだろう。

麥の針きらきらと光り永世、中立あるごときまひるか

『葡萄木立』「葡萄木立」（麥の日）

生きながら両断された「永世中立」なる熟語。「永世中立のごときまひる」でも、あるいは、「永世中立あるごときまひる」でもないことの不気味さ。二つの漢語を隔てる読点は雲母《うんも》障《しょう》のように鈍いきらめきを放って、「永世」は「ひととき」を錯覚させ、「中立」は「紛糾」を幻想させる。青麦の禾の針千本、それはあえかに儚い武装ではなかったか。

勿論、作者に「麥の針」と「中立」を結ぼうとするようなあらわな意図など、さらにあるまい。「きらきらと」なる、意外なくらい単純で平凡な副詞も、「永世、中立」の躓きに似た奇なる文体に先立つゆえに効果的であった。更に連想をほしいままにするならば、この乱調の歌の第二句までは、童画・童話的幻像を映し出すための技巧でもあろう。すなわち、繊弱にして健気な「武装」もしくは「自衛」の戯画である。

時は五月、六月の頃のアルプスの北に思いを馳せるのも自然であろう。麦は、牧草地帯の合

間合間にわずかに見られる程度だが、永い永い冬季から解き放たれて、薔薇もリラも芍薬もイリスも飛燕草も一時に花開く時ゆえに、穂麦の禾が陽光に光る様は殊に美しい。今更喋喋するまでもなく、スイスは「永世中立」である。一八一五年の宣言以来破られたことはない。ヒトラーも、敵に廻して隠微執拗な抵抗を受けるよりは、巧に利用する得策を考えた。中立、言うは易かろう。だがこれを保つのは、綺麗事では済まない。永世中立のスイスは、国民皆兵の掟がある。二十歳から五十歳までの男は、年齢に応じて、一定期間の軍事訓練を受けねばならず、彼らは常に自宅に、銃器と弾薬を備えておく義務を持っている。ああ「永世、中立」とは、このような、猬《はりねずみ》の魂によってしか保てない。

　スイスに絵葉書通りの風光を楽しみ、時計を買い、国際連盟の白亜の城を仰ぐのもよかろう。だが、様様の人種がかたみにその血の特殊性に固執し、観光客に作り笑いを奉りつつ、「永世、中立」の苦い果実を守ろうとする姿は、時として慄然たるものがある。中世には、欧洲各国へ、傭兵として、戦争の助党《すけっと》に馳せ参じた人人の末裔、巨大国の腥い歴史を横目に見て、疑い深い、硬張った微笑を報いる。「永世、中立あるごときまひる」、この宙吊りの、拷問に似た平和を、誰が嗤いなどできようか。かつまた、その虚しさともの狂おしささえ、誰一人代ることなど、できないのだ。

飲食《おんじき》ののちに立つなる空壜のしばしばは遠き泪の如し

『葡萄木立』「啄木鳥」（啄木鳥）

中身の空《から》になった壜一本にも、詩歌は宇宙を充填する。『葡萄木立』一巻を巻首から読み進む時、「啄木鳥」の章の、「啄木鳥」名の一連に行きついて、この「遠き泪」と対面するとき、必ずしも条件反射ならぬ不覚の涙に似たものがこみ上げて来る。この「泪」は、感傷から最も遠い所で湧く、不意討ちの倦怠《アンニュイ》の涙であろう。魂が小さな欠伸《あくび》をするのだ。生きていることに狎《な》れ、日常の繰返しに退屈し、しかも「飲食」と呼ぶ儀式の後、一瞬、微かな疑惑に身を顫わせる。その戦《おのの》きの、肌寒さに誘われて湧く涙を、「空壜」に満たしめる。常にではない。稀にでもない。しばしばという訳でもない。それが、「しばしばは」であることの、ほろにがさを知るべきであろう。

目の前に溢れる涙ならず「遠き泪」であることの周到さ。その「遠き」が、この一首の心象風景に、暗く、微妙な「遠近法」を生む。卓上の空壜は、かつて野田英夫が描いたように、淡い草色に、琅玕の色に、ラピスラズリの色にうるんでいる。その透明で酷薄な硝子の薄さ。薄い厚みのはるか彼方には、涙湖から滴ろうとする大粒の鹹水がある。

晩夏光おとろへし夕　酢は立てり一本の壜の中にて　（啄木鳥）
空《あ》きし家に空きたる壜と棲みをれば木の間をきたるあはき黄熱《くわうねつ》　同
暗き硝子透かしてみよそこにもここかしこしづかなる木の幹立てり　同
明るき晝のしじまにたれもゐず　ふとしも玻璃の壺流涕す　「人形」（標《しるべ》）

各歌集中に、硝子を歌ったものは夥しい。硝子壜を主題もしくは動因とした歌も数多あろう。だが、この一連中に見るのは、厨房の中の、酢や酒や醤油や、その他諸諸の、調味料の壜であった。洋酒の壜ならば、時には美学の領域に出没することもあろうが、以外のドメスティックな壜達は、詩歌の、殊に、俳句ならいさ知らず、短歌の中に席を占めることは例外に類した。しかも、この一連では、それが比類ない光を得ている。

私は掲出の「遠き泪」の上句を、久しく、「飲食ののちに立つなる酢の壜の」と口遊《くちずさ》んでいた。時には、初出はそうではなかったかと疑ったものだ。どうして作者がそのような即き過ぎを犯そう。「空壜の」であらねばならぬ。酒でも酢でもない。既に他の、全く別物に変身した壜は、今、「虚無」を以て満たしめられているものを。

懐胎女《みごもりめ》葡萄を洗ふ半身の重きかも水中の如く暗きか
も

『葡萄木立』「片手」（草の上の星）

その葡萄は群青の粒に雲母を刷いたような「マスカット・ベーリーA」であろうか。あるいは薄緑の「ネオ・マスカット」か。その種の極大粒の、華奢で豪華な、マスカット・オヴ・アレキサンドリア」を想像しようか。黒紫色の、完熟すると房から顆粒がぼろぼろと落ちる「巨峰」も面白かろう。そして、その「懐胎女《みごもりめ》」の、出自来歴によっては、陽に透くと一瞬紅に映えるデラウェアもふさわしかろう。

収穫は早朝とされているが、晩餐の前に、市場で求めた二房三房を、流しに、身を屈めて、懶《ものう》げに洗っている姿、粒の間にこびりついた蜘蛛の巣、点点とある消毒液の汚れ、あるいはたまたま誰かが触れた淡い指紋、それらを洗い落すべく、彼女は窮屈な姿勢で、のろのろと、丹念に洗う。清める。あたかも「懐胎」と呼ぶ現象を、誇りつつ愧じ、喜びつつ悔いるかに、執拗に雪《そそ》ぐ。葡萄が無色透明の「泡」になるのを期待するかに。

彼女の下半身は既に夕闇に、または夕闇を思わせる暗がりに没している。彼女の下半身を浸すのは、あるいは、洗うのに費した水ではなかろうか。費した時間まで、疲労に汚れて水と化したのかもしれない。私はその、緩慢な動作に、何かを懸けて待つ初々しさよりも、何かの到来と通過を恐れつつ、傍に避けている罪人の心理を見る。

　みどりふかし母體ねむれるそのひまに胎兒はひとりめさめをらむか　（めざめをりき）

　ふとおもへば性なき胎兒胎内にすずしきまなこみひらきにけり　同

潜《くぐ》る光りに葡萄垂れをり黄緑《わうりよく》のぶだうはかひこのごとく熟れわたる　「葡萄木立」（葡萄倉）

うすらなる空氣の中に實りゐる葡萄の重さはかりがたしも　同

葡萄の目おほきかりしかさかしまに泊れる蛾をり　横ざまに翔ぶ蛾をり　同

かつて異常妊娠の一つの症状に「葡萄状鬼胎＝Blasen mole」と呼ぶものがあった。今これを原語直訳体で「泡状鬼胎」と総称するとか。子宮内に簇生する葡萄の粒。その血の泡のような不吉な卵《らん》。肉状鬼胎・血状鬼胎と区別して、「葡萄状」と命名したのは、いかなる人であろうか。「水中の如く暗きかも」とは、傍見する女の影絵のみならず、彼女の胎内透視かと、思い半ばを過ぎるものであり、慄然とする。半身の重さとは、彼女自身の心の重みであり、同時に女なる生物の宿命でもあった。

フランシスコ・ゴヤの息子の肖像は清水灑《すす》ぎしごとき目をせり

『葡萄木立』「片手」（銀）

ゴヤは一七七三年二十七歳で結婚した。マドリードの、ルサーン画塾の先輩、宮廷画家フランシスコ・バイユーの妹ホセファがその新妻であった。子供は生れては死にして、一七八四年十二月誕生のハビエルだけが成長した。三十八歳にして得た子、結果的には嫡男である愛児が、他の子のように、まだ誕生日も迎えぬうちに夭逝するのではないかと、内心怯えていたことだろう。ハビエルは一八〇五年、サラゴサの豪商の娘、グメルシンダ・ゴイコチエチェアと結婚し、翌年マリアーノが生れている。

私はハビエルの肖像画を知らない。ゴヤが裸のマハの上に佇立する記念碑を仰ぎつつ、プラドー美術館には再度訪れ、若描きの「日傘」や「瀬戸物売り」から、晩年の凄じい諸作、たとえば「黒い絵」の「妖術師の魔宴」や、肖像画「ボルドーの乳売り娘」まで、つぶさに鑑賞したが、愛児の像は洩れていた。また同じマドリードのアルブルケルケ公爵家蔵と言われる、孫のマリアーノ・ゴヤ九歳の像は、画集で瞥見したことがある。

見なくてもよい。「清水灑《すす》ぎしごとき目」という、比類のない直喩によって、私はその肖像画の、多分少年像をありありと思い浮べることができる。孫のマリアーノの眼も黒曜石を切り嵌めたように涼しい目であった。そして、ゴヤの肖像画のすべては、例外なく、その目で生きている。心の窓である目を、文字通り、肖像の点睛にしない画家はあるまいが、ゴヤの場合は、その度が他の画家を越えているようだ。

たとえば、あの「カルロス四世の家族」を見るがよい。計十五名、嬰児や、半顔を覗かせただけの女性、書架に向うゴヤ自身まで、その目は、むしろ異様なまでに、くっきりと点ぜられ、前方を注視する。私はプラドー美術館のこの絵の前に立った時、十五名の注視に会って、曝し物になったように感じた。彼等の、あの魚のように冷たい目。

同じ注視でも「オスーナ公爵の家族」のそれは、穏やかで、どこか放心状態に似る。また「イザベル・デ・ポルセール」の、艶然と誇り高い目は、斜《はす》に宙を見つめていた。ゴヤは一八一二年十月、愛児ハビエル立合の下に財産目録、総額三十五万レアルを作成し、そのかなりの部分をハビエルに譲渡した。その時もまだ、ハビエル・ゴヤの眼が澄んでいたかどうかは記録に洩れている。ゴヤの耳はもう全く聞えなかった。

ありがてぬ甘さもて戀ふキリストは十字架にして酢
を含みたり

『葡萄木立』「穀倉」（穀倉）

真実、イエスの唇に塗られた海綿の酢は、いかなる味がしたのか。痺《しび》れるような酸味と微かな苦味と渋み、それすら最期を目睫に控えた満三十四の男には、味わう余裕などなかったろう。それは篤と、夙に知りつつも、作者は「ありがてぬ甘さ」をそれに感じ、たとえ、ほんの一時にしても「戀ふ」と歌う。彼女も十字架に在ったのか。

斯てゴルゴタといふ処、即ち髑髏《されかうべ》の地にいたり、苦味を混ぜたる葡萄酒を飲ませんとしたるに、嘗めて、飲まんとし給はず　マタイ伝　二十七の34

昼の十二時より地の上あまねく暗くなりて、三時に及ぶ。三時ごろイエス大声に叫びて「エリ、エリ、レマ、サバクタニ」と言ひ給ふ。「わが神、わが神、なんぞ我を見棄て給ひし」との意《こころ》なり。そこに立つ者のうち或る人々、これを聞きて「彼はエリヤを呼ぶなり」と言ふ。直ちにその中の一人はしりゆきて海綿《うみわた》をとり、酸き葡萄酒を含ませ、葦につけて

イエスに飲ましむ。　同　二十七の48

イエスは十字架に磔《はりつ》けられてから、二度口を潤《うるお》している。前者は葡萄酒の中に没薬等を混ぜて、一時的な全身麻酔を配慮したものであろうが、彼はそれを拒んで、唇を濡らしただけである。後者は文字通り末期の水だが、ヨハネ伝では、左の通りだ。

この後イエス万《よろづ》のこと終りたるを知りて『われ渇く』と言ひ給ふ。ここに酸き葡萄酒の満ちたる器あり、その葡萄酒のふくみたる海綿をヒソプに著けてイエスの口に差付く。イエスその葡萄酒をうけて後いひ給ふ「事畢りぬ」。　十九の28

ヒソプ、すなわち薬用植物、唇形科のマヨラナの葉茎を束ねた上に、酸い葡萄酒を含ませた海綿を載せ、これを差出す場面、さすが、「イエスの愛したまう一人の弟子」であるヨハネの記述が最も迫真的だ。「ありがてぬ甘さもて戀ふ」、私は、一度は、十字架上の作者を想像したが、これは早計というものだろう。彼女は、この時母マリアに変身して、磔刑のイエスを望見し、同じ痛苦を体験していたのだ。掌と足首の釘の傷は、六腑を引裂くように疼く。渇く、渇く、渇く。その断末魔の苦しみを、身悶えしつつ味わい、ヒソプの海綿の酸い葡萄酒の膨らみを遠くから見る。「ありがてぬ甘さもて戀ふ」、舌は黒く縮み、喉頭は赤く腫れていた。イエスが死んで後も、永遠に。

椅子にして老いし外科醫はまどろみぬ新しき血痕を
ゆめみむため

『葡萄木立』「青き木に」(風)

まさか、外科医がそのような願望を秘めて、仮眠を取っているなどと誰が思おう。手術台上に流された鮮血は、空気に触れた瞬間に古ぶ。その危い鮮度を鋭く察知せぬ者には、この「新しき血痕」の無慙な美しさは、到底理解できないだろう。血を見ることへの恐怖は、女性においては、男性よりも遥かに薄く、麻痺しているとも言われる。「流血の惨」をわが身に、それも健やかな生の証として経験しているからであろう。

かつて作者は「單調なる人の日破れん　美しき流血を見るものにして」(「啄木鳥」(石の章))あり、これでも鮮血への嗜好は明らかであろう。歌集を彩る色相の中では、殊に赤の多いのも、茂吉の『赤光』の阿弥陀経出典や生命色＝太陽渇仰とはその趣も原因も異にする。現実に外科医の夫を持ったことが、後天的に鮮血嗜好を胚胎させたのか。あるいは嗜好が遠因をなして夫に外科医を選ばせたのか。否、「祖父《おほちち》がシーボルトにつきたまひし日を漂泊のごとしとおもふ」その「日」から、夙に、美しい流血を夢みるように、ひそかにさだめられていたのか。妖しくおごそかな血の系譜である。

暑き部屋に人の血をしづかに流すとも奇怪にあらぬ人は外科醫なれば　『原牛』「ひなげし充つる」（秋の炎天）

點血を眼鏡の端《はし》に置きつつまどろむ外科醫ふいにめひらく　『葡萄木立』「啄木鳥」（石の章）

完全に斷つことの出來る手　外科醫は剛毛の刷毛もてもろ手をあらひ　「片手」（片手）

外科醫の影法師におびゆ外科醫の夫《をつと》或る時壁に巨大なりしかば　『朱靈』「火山《くわざん》」（水の域）

小刀《メス》を砥ぐふときこゆ　うしろにてつね小刀をとぐ音はきこゆる　『原牛』「原牛」（原牛）

これら冷え冷えと華やかに、血に彩られた歌の数数。点点と血の滴る彼方には、流血を聖なる職能とする外科医の影絵が、ゆらゆらと、あたかも魔王のように立つ。外科医は「ふいにめひらく」時、既に「新しき血痕をゆめ」に見おおせていたのだろうか。

自分の家の一隅で、いつも、鮮血が流されている。この異常な空間と現象が、極く平凡な次元の日常茶飯事として、今日まで繰返され、この後も続くであろうことを作者は知悉している。流れる血とはうらはらに、この淡淡たる、むしろ他の事物を見た時よりも、さり気ない反応に、私はなお無気味なものを感じる。流された血の行末はいずこに注ぐのだろう。見た血痕は薄れて、何にその痕跡を伝えようとするのか。

夏澄むに悲痛せむかなあたらしき中國に老殘の宦官ありとして

『朱靈』「魚」（刈草）

墨・劓・剕・宮・大辟の五刑の中、最後の死を別とすれば、残る四刑、生命までは損なわぬまでも、なるほど、入墨よりも鼻切りが、鼻切りよりも脚切りが、それよりも更に、陽茎の切断が、極刑に近いことは自明であろう。宮刑は腐刑とも呼ぶ。司馬遷は、匈奴に降伏した李陵を弁護して、武帝の怒りに触れ、この不名誉な刑を受けた。ために死を思ったこともある。死にまさる屈辱であり、男としての生の快楽を放棄する絶望的な事態となるのだ。屈原は死なず、また宦官にもならず、史記を編成して五十九歳の人生を閉じた。

宮刑の、刑余の男の中の特定のものが、抜擢されて後宮の諸般の要事、雑事を取りしきる。宦官はもともと、原則として小官であるが、後宮政治隆昌を兆す頃ともなれば、甲羅を経た輩が、政治の枢要に参画、攪乱するのも珍しからぬこととなり、次第に、後宮に入って特殊な才能と立身を目論むものらが、進んで去勢手術を受け、自発的に宦官のライセンスを得るようになる。纏足と共に、支那の歴史の影をなす、奇態面妖な風俗であった。新中国となって、万事「革命」を見たとは言え、その名残は未だ、すべて消え失せたはずはあるまい。「後宮」は、男の心の中に生き続けている。生き続けている限り、「宦官」的存在もまた、随伴して命脈を保つ。どこの国にも、軌を一にした現象は皆無ではない。

　それにしても、この「夏澄む」の何と鋭く、刻薄なまでに、見事に一首を荘厳することか。直射日光を受ける処は白銀さながらに照り渡り、灼け、くるめき、陰翳をなす空間は鉄漿《かね》色に静まり、冷え、死に絶える。二つの極の間に、「澄む」ものは何。第二句の耳馴れぬ造語「悲痛せむ」が、至極自然に響いて来る不思議、結句「ありとして」の、不安定で曖昧な措辞が、やがて唯一の、他を以ては更え得ぬ修辞となり、ぴたりと据わることの不思議。「あたらしき中國」なる、白々しい政治用語の違和感、その違和の快感。

　この時、「老殘の宦官」は、度度紹介されたように、陰干《かげぼし》にしたかの、皺だらけで鈍く光った顔に、性別など消え去った顔に、得体の知れぬ微笑を浮かべて、斜に立っている。作者は、宦官の存えていることを「悲痛」する。かつまた、その遺物を未だに抱えているところの「新しき中國」を悲痛する。宦官よりも、もっと呪われた、卑屈で老猾で邪悪な、あるいは無気味で不愉快な存在が、新しく生れ出るかも知れぬことを怖れる。

人なき手術臺上に漂へりかの水上の城シュノンソオ

『朱靈』「火山《くわざん》」（水の城）

水の上に浮ぶ城館シュノンソーはカトリーヌ・ド・メディシスの亡霊である。ルイズ・ド・ロレーヌの怨霊である。この城の今日、崩れずに、典雅な美を誇っているのは、最後の持主であったクロード・デュパンの奥方の、人徳と才覚のお蔭であろう。この城館と庭園を一望するには、人は中空に昇って俯瞰する他はあるまい。数多の鳥瞰図や写真を見る時、「人なき手術臺上に」とは、天外の奇想であり、作者ならではの見事な暗喩であると思う。不吉でしかも華やかに、腥くてその上に臈《ろう》たけた女人の寝姿。

城館の青灰色に潤む一群は言わば頭部、東西南北をシェール河の水で囲まれつつ、正方形の前庭は斜十字の道を際立たせてこれが胸、ディアーヌ・ド・ポワチエが創ったフランス式庭園が翼のように左右に拡がり、これが袖・袂。水に漬からぬ外部からの通路を脚に見立てれば、手術台上に漂う女人にして建造物、シュノンソーの城は、ようやく明らかになる。その女人は不治の病を得て、永遠に剖《ひら》かれる刻を待つのか。

最初にこの美しい城を完成させたカトリーヌ・ボイエ夫人か。かのアンリ二世の愛妾、ディアーヌか。そのディアーヌから、ショーモンの城と交換条件でまんまと手に入れた、カトリーヌ・ド・メディシスか。だが、彼女はこの城館の大改築を試み、その竣工を見ずに、ブロワ城で他界した。次の持主アンリ三世皇后ルイーズ・ド・ロレーヌは、ここに滞在中、夫の暗殺の報に接した。彼女は雪白の喪服を纏い、その部屋は漆黒に塗り変えさせた。その後も持主は転転し、十九世紀後半、この城を手に入れたブルーズ夫人は、一切をカトリーヌ・ド・メディシス改変以前の姿に復元しようとして、莫大な工費を費す。

このシュノンソー城、『朱靈』の前半で、まことに突如姿を現す。決してロワール河畔城館巡りの紀行作品などではない。小標題を「水の城」としながら、「白堊室一千燭の光源下孤獨の外科醫のみは燃えゐき」を結びとする、外科医執刀の主題である。前兆も暗示も、導入部も何もなく、理不尽に、まるで威嚇のように、シュノンソー城が、どかりと置かれ、それは手術台上に漂い止まぬ。彼女がうつつに見た時の印象が、刹那顚《た》ったのであろう。それにしても、選りに選ってシュノンソーが顚ったとは。「人なき手術臺上に（われは）漂へり」と読めば、彼女は既にカトリーヌと同格である。

疾風はうたごゑを攫ふきれぎれに　さんた、ま、りぁ、
りぁ、りぁ

『朱靈』「火山《くわざん》」（あらはるるとふ）

栄頌《グロリア》であろうか讃頌《マグニフィカト》であろうか、風に逆って歌うとあれば、むしろ、シューベルトあたりの「聖母讃仰《アヴェ・マリア》」とでも思うべきだろうか。マグニフィカトは確か、Magnificat anima mea Dominum で始まるはず、疾風はこの辺りを攫って、「あにま、にま、にま、にま」とか「どみに、みに、みに」とでも寸断すればよかろうものを、皮肉にも、聖母マリアの出現を待ち構えていたかに、過たず、聖母の聖あたりから、情容赦もなく吹きつける。

マグニフィカトは晩禱の定めがあり、英国の諺にも、お門違いの間の抜けた所業を諷するに〈sing Magnificat at matin〉と言うとか。

マリヤの胸にくれなゐの乳頭を點じたるかなしみふかき繪を去りかねつ　『飛行』（手套）

有限者マリヤの肌を緑色《りよくしよく》に塗りつぶしたるはシャガール　あはれ　（石鳥）

風媒のたまものとしてマリヤは蛹のごとき嬰兒を抱《いだ》きぬ　『原牛』「原牛」（風媒）

悲傷のはじまりとせむ若き母みどりごに乳をふふますること　　同

怖しき母子相姦のまぼろしはきりすとを抱く悲傷《ピエタ》の手より　『葡萄木立』「片手」（片手）

スペイン、カタルニヤの御堂のおく顔面眞黒き聖母立ちたり　『朱靈』「魚」（黑聖母）

これらに現れるマリアは、聖性を剝奪されて、いとも人間臭い人妻、人の子の母となっている。イエスの母である前に若い大工ヨセフの妻であったマリアは、紅の乳頭を持って官能の歓びを待つ。神の子の母ではあっても、彼女自身はただの人間に過ぎぬ、緑の肌に描かれようが、黒く彩られようが、目を伏せて何一つ主張しようとはせぬ。

マリアを徹底的に聖別していたのは、なおしつつあるのはカトリックである。聖書には一行も現れぬ挿話や口伝を捏造して、絵に描いたような聖女に仕立てあげた。各福音書の行間の薄暗がりには、不安に脅え、疑惑の目を見張り、諦めの目を伏せ、涙にくれている平凡な母マリアがいるのみだ。十字架降架からピエタの、悲歎の極にある母マリアの表情のその底に、恍惚《エクスタシー》を嗅ぎ取ったところは慄然とするくらい鋭く、かつ悪辣に近い炯眼《けいがん》と言おうか。マリアは、しかしイエスが死の前に言い渡したように、彼の溺愛した弟子ヨハネを準養子として、その家へ引取られて行く。決して「聖母被昇天祭」などには関りのないマリア、裏切られた母マリアの名が、中空に引きちぎれて散乱する。

あけがたのわが寝臺にちかづける帆船《はんせん》ありて人死に給ふ

『朱靈』「熨斗」（いざなひたまふな）

結句で「死に給ふ」その人は誰なのか、寝台と帆船と死ぬ人の空間的な配置はどうなっているのか、死者は帆船で運ばれて来るのか。現実、もしくは現実としての創作なのか、夢想・幻想としての一情景なのか、すべては不明である。わざと暈《ぼか》しているのでも、隠しているのでもない。描き足りぬための不備ではない。それどころか表現は一分の隙も見られず、調べは緩やかに張り満ちている。

この一首、「熨斗」と題する一章の中に、「いざなひたまふな」と小標題して、次に置かれる。一首のみである。従って、「いざなひたまふな」なる禁止的呼びかけの敬語表現は、一首の中に溶け入る。「いざなひたまふな、あけがたのわが寝臺にちかづける帆船」とも、「寝臺にちかづける帆船《はんせん》ありて人死に給ふ、いざなひたまふな」とでも、読者は心の中で再構成することも可能である。だが、作者はそれを拒むだろう。

わずかな手がかりは「たまふな・給ふ」である。長上、それも肉親なら父、さなくば師を想定すれば近かろう。弟や母や年長の友人等とは考えにくい。禁止的哀願の辞を奉るのは、そう言《こと》に出て宣言せねば、作者自身、ついずるずると黄泉への道へ誘いこまれそうになるからに相違ない。「いざなひたまふな」には、微かに、見消《みせけち》で「いざなひたまへ」と書いた痕が匂っている。甘美でしたたかな苦味を含んだ「たまふな」ではある。

　私はこのような情景をどこかで見ている。一つはギリシア神話、テセウスがクレタ島へミノタウロスを退治に行く時、父アイゲウスは、黒帆を張って出て行く子に、生還の砌《みぎり》は白帆を張れと命ずる。テセウスはミノス王の娘アリアドネと相思相愛になり、彼女の苧環《おだまき》のお蔭で成功するが、ディオニュソスに愛人を奪われる。悲歎の余り、白帆を張ることを忘れ、黒帆のままで帰国、アクロポリスから遠望した父は、テセウスの死と早合点し、断崖から身を投じて死ぬ。今一つは「トリスタンとイゾルデ」、マルケ王がトリスタンを連れて、ブルターニュに帰る帆船、その帆船の近づくのを、イゾルデは遠望する。トリスタンは刀を受けて瀕死、上陸して彼女に見《まみ》えた瞬間息絶え、イゾルデも折重なって死を共にする。作者の心の中には、ギリシアかブルターニュかの、暗い沖が去来していたのであろう。愛の極致が死に繋ることの、これは悲痛な宣言でもあった。

若き力士に憂愁のありありと立つ澄む映像のたまゆらながら

『朱靈』「熨斗」（酸の果）

九世紀の天覧相撲、あの相撲節会《すもうのせちえ》には、どんな力士が出場したのだろう。野見宿禰や当麻蹶《たいまのけ》速《はや》の時代とは異り、何しろ、左《さ》・右近衛《うこのえ》から一人ずつ立合《たちあわせ》が出て試合の進行を司り、論《ろん》と呼ぶ異議中立の定めもできていたし、力士も御前に出すとならば、単に強いのみではなく、同じことなら容姿の整ったのをすぐったはずだ。

頼朝の前で技を争った河津三郎と股野五郎もあるいは清清しい眉目の東男ではなかったろうか。などと考える唯美派もいるはずだ。明治年間の、延遼館天覧相撲図や、国技館大相撲土俵入図などを眺めても、十人に二、三人は「憂愁」を感じさせるような男がいることはいる。殊更に「若き」とことわるのは、弟子入早早の少年ではなく、幕内で劫を経た三十代のヴェテランでもなく、序の口から序二段、三段目、十両と瞬く間に昇進して、年齢の方が逐いつかなかった「若さ」を言うのか、その若さを、可惜《あたら》、大関止りで浮沈を続けて、棚曝しにしていることへの嗟歎なのか。昭和二十四、五年頃の千代の山、三十二、三年頃の朝潮には、まさに、その「憂愁」が、時としてちらつくこともあった。

むしろ勝相撲を終って引揚げる時の頬にちらつく憂愁、土俵脇に控えて、次の出を待っている時、瞼の辺りをよぎる憂愁、昭和半世紀を通じて、その意味では、爽やかな眉目に、常にその憂愁の翳いさよう一人は、明武谷《みょうぶだに》だった。ローマのコロッセウムで、天覧の折王女に見染められる闘技者の面影が、彼にはあった。それにしても、「ありありと立」ち、作者の心に訴えたものが、憂愁と呼ぶに価するものであったかどうか。

所詮は雲助の含嗟、沖仲士の照れのたぐいで、似合いも似つきもせぬ表情や振舞が、かえって新鮮な印象を残すに過ぎまい。もっとも「過ぎない」ことに懸けるのも、つむじ曲りな人間の、まぬかれがたい好みではあった。二米近い山男がひどいマザー・コンプレックスである「憂愁」から、大時化《おおしけ》にびくともせぬ巨軀の船乗りが、吃りで独身の「憂愁」まで、珍にして妙、苦みも辛みもひそんだ憂愁の男のパターンは数多く実在する。

下句の、特に「澄む映像」の「澄む」は上句を更に荘厳して、「たまゆら」の画面を、永劫に、一首の中に焼きつけた。TVを詠じた歌は十指に満ち、それぞれに凶兆を孕んでいて面白いが、これはTVを言外において、澄みまさっている。

他界より眺めてあらばしづかなる的となるべきゆふぐれの水

『朱靈』「夕べの聲」（夕べの聲）

まさに、「夕べの聲」という標題の掉尾に置かれるにふさわしい一首であった。掉尾、それはしかも最終歌の前の「大き雨戸わが立ててをり谷あひより芒の群の光りいづれば」の次に星形印《アスタリスク》を置き、おもむろに「他界より」は据えられたのだ。

一見間然するところのない、玲瓏として昏く、縹渺《ひょうびょう》として淡淡しい、たぐい稀な調べではある。名歌と言うべきであろう。世の人も、これを妙子の代表作として頻りに引く。引かれて然るべきだ。歌とは、生れ出るもので、造り上げるものではないと、この歌は低く囁くように、歌人に教えているような気がする。それは重重承知の上で、それゆえになおさら、私はこの歌をつぶさに検べ、その方法論を究明してみたくなる。

何よりも、「しづかなる的」が訝しい。一体この世に、「騒がしき的」や「しづごころなき的」が存在するのだろうか。あるなら、その的こそ、あえて数え立てるべきで、常態常識の的を、今更事事しく「しづかなる」と修辞することもあるまい。次に「あらば」の「ば」、すなわち仮定順接の助詞を受ける「べき」の、その連体形が気になる。連体形にして、第五句を修飾する限り、この「べき」は「行くべき道」「死すべき命」「あるべき所」と同じく、当然もしくは義務・使命の趣を、はっきりと帯びるのだ。

推量であろう。「『あらば』＝『べき』」ゆえに、そう読むのが自然なのかも知れぬ。にもかかわらず、これが「しづかなる的となるべし」と四句切にした場合のようには、素直に推量とは取りかねる。「しづかなる的としならむ」「しづかなる的となりなむ」等、推量への道は数多ある。「べし」ならば、その強い響きが、一首の、微光を放つような、はんなりとした眺めと響きを殺してしまう、そのような配慮のあり得ることは想像できるが、他の場合はその咎めからも外されるのではなかろうか。

だが、彼女は、この歌を、死後の世界に想定して「創った」のだ。この世の他に身をおいて、決して見ることのできないものを見ようとした。この歌は、決して、水母《くらげ》なす漂えるように「生れ出た」のではない。それゆえに、きびしい語法修練、添削、推敲の痕跡を感じさせぬように、まるで不用意のままで、そこにさりげなく置いたように、何か注文をつけたくなる文体のままで、一首そのものを「しづかなる的」として示したのだ。

暴王ネロ柘榴を食ひて死にたりと異説のあらば美しきかな

『朱靈』「地上・天空」（地上・天空）

確かに、そのような異説があったとしたら、楽しくもあり美しくもある。しかし、その異説、私は惜しみつつ、今一つの「異」を称えねばなるまい。なぜなら、いくら紀元六八年のことにせよ、ネロ忌の六月十一日に、石榴の実を期待するのは無理というものだ。勿論前年の秋、これを過食した祟りで五臓六腑のどこかを損傷し、それがまた他の疾患を誘って、ついには死に到ったと、強弁しようと思えばできる。

石榴の花の猩猩緋に炎えるのを眺めつつ、石榴の実に中《あた》って死ぬのも、ネロにはふさわしかろう。ちなみに、羅馬皇帝達は、夏に弱いのか、夏に死ぬのが好きなのか、ハドリアヌスが七月十日、オクタヴィアヌスが八月十九日、クラウディウスが八月二十四日と、酷熱のさ中に死に、カリグラだけが一月二十四日と冬の命日である。もっともローマの真夏は、石造りの城館の深い陰翳の中にいれば、清涼の気に満ち、颯颯と涼風が通い、彼方に黄金の太陽と紺碧の空と、青緑の樹樹を見るのは、まことにめでたいものだ。

とり落さば火焔とならむてのひらのひとつ柘榴の重みにし耐ふ　『橙黃』「橙黃」（禮《ゐや》）

禮《ゐや》をつくし相語らばや放膽にはぜし柘榴は陶に置《すゑ》かれつ　同

暑熱微茫　破屋に幼兒イエズスは赤き柘榴の實もて遊びき　『朱靈』「地上・天空」（地上・天空）

紀元六四年七月十九日、ローマの大火は夕方から始まった。都の炎上をネロはマエケナスの塔から見物していた。劇場に出演する時の、竪琴弾きの衣装を身に纏い、イリオン、すなわちトロイアの滅亡を歌っていたと史家は伝える。見はるかす火の手は、あるいは石榴の花にも見え、完熟した実から弾き出される血紅の礫にも映ったことだろう。ネロを放火犯に擬する説には根拠がないようだ。だが、彼は火が好きだった。罪人を殺すために、硫黄を塗った糸で織り上げたトガを着せ、これの裾から火をつけて、ジリジリと焼く方法を案出したのも彼であった。炎え上がって死ぬ時は爆ぜた実石榴さながらであろう。

美食のために肥え太ったネロは、百人隊長エパフロディトゥスの介添《かいぞえ》で、短剣を咽喉に突き立てたが、脂肪に阻まれてなかなか動脈が掻き切れず、全身血塗れになりながら、いつまでも両眼を見開いて、百人隊長の腕の中で悶えていた。石榴を食って死んだと、私も偽証してやりたくなる。気管を百粒の石榴が塞ぐのも、美しい話ではあるまいか。

薔薇酒《ばらしゅ》すこし飲みたるわれに大運河小運河の脈絡暗し

『朱靈』「地上・天空」（地上・天空）

ヴェネツィアで飲む薔薇酒とは何であろう。何ならまことに、薔薇一輪グラスに挿し、あるいは花弁を酒に浸して、その香を楽しむ「薔薇酒」と思おうか。一瞬それを幻想させながら、これは、いわゆる「薔薇色葡萄酒《ヴァン・ロゼ》」、イタリアで言う「ヴィノ・ロサート」であろう。地元のヴェネト州では、ヴァルポリチェッラのルフィーノにサン・フェリーチェが葡萄そのものの風味を残して軽やかであると聞くが、「薔薇色《ロサート》」ではなく「赤《ロッソ》」。同じ薔薇から出た言葉なのに、ロッソは真紅だ。ロサートは隣接のエミリア・ロマーニャ州のモデナで造られるものや、マルケ州のファッツィ・バッタリアが、夢のような淡紅に匂う酒である。それらの馨る色、彩なす香は、ヴェネツィアの運河の傍で、ひたひたと岸に打寄せる波を見ながら、舌端に転《まろ》ばせているのが最も愉しかろう。

夕明る運河の岸に頽《すた》れたる商家の紋章の浮きていづるべし

（地上・天空）

みどりの藻人の眸にもつれしめ運河に淡き腐臭たちのぼる　同

ヴェネチアはどこにいても水音が聞える。ホテルの部屋の扉を窓を、きっちりと鎖しても聞えて来る。サン・マルコ寺院の暗がりで、オルガンの音を聴いている時も、その潤んだ音色の底に漣の囁きが聞える。ドゥカーレ宮殿の滑らかな石廊・石階を歩む時も、旧牢獄の凸凹の石牀《せきしょう》を踏む時はなおさら、騒立つ波の音を聞く。

運河はヴェネツィアの静脈である。大運河《グラン・カナール》はヴェネツィア駅からリアルト橋を経てサンタ・マリア・デッラ・サルーテ教会前まで、頭の大きい逆S字形にうねりつつ湛え、東西南北から、これに通ずる小運河が、たとえば硝子の罅裂《かれつ》のように、支離滅裂の線を描き、時には全くの偶然のように碁盤の目を示し、四通八達、縦横無尽であるかのように見えながら、到るところで突如行き詰る。数多の運河が埋立てられて道や広場になったという。

燈の下で酒杯を翳せば、やや灰色を帯びた薔薇色葡萄酒《ヴィノ・ロサート》は、作者の唇を濡らし、咽喉を越え、おもむろに血脈を循り始める。血紅と蒼黒の二種の管に、遥かな運河の水音が交り初める。「脈絡暗し」、それは体内の動脈・静脈の脈絡の、気の遠くなるような繁雑な縺れあいを歎くに等しい。薔薇酒を、今少し過し給え。運河の、黒孔雀のようなゴンドラが近づいて、サン・ミケーレ島へ導いてくれるだろう。

熨斗のごと水上にかかる橋ありてひとたびわたる　われは旅人

『朱靈』「地上・天空」（地上・天空）

それは大運河の幅の一番狭《せば》まったところに架かるリアルト橋であろうか。橋は両袂から次第に迫《せ》り上り、両者合する所に踊り場風の塔屋根を設えた。橋というよりは、河を越えて続く石廊と考えた方がふさわしかろうか。橋下は弧《アーチ》を描き、天井はなだらかな山形をなすこの橋を、たとえば北のカ・ドーロの方へ向って運河を航《ゆ》き、振返った時は、まさに両岸に、祝儀の、結び切りの水引をかけたようにも映るだろう。

あるいはこの橋を上りまた下って渡りつつ、それの俯瞰幻想を試みるならば、上広下狭縦長六角形の折紙の中に、熨斗《のし》鮑の薄片を貼りつけたあの「熨斗」が、ふと心を過《よぎ》ることもあり得よう。殊にあの網の目のような水路を穿ちながら、橋の極めて少いヴェネツィアでは、橋《ポンテ》は、道行く人への、特に異国からの旅人への贈物であった。

思えば羅馬《ローマ》の人人は、古来、橋梁《ポンス》造営の名工揃いであった。マドリードの北セゴヴィアで、あの壮大な水道橋の遺跡を見た人は、イスパニアにまで、「橋」の「贈物」をした、羅馬《ローマ》人の夢と技術を、かりそめならず思うだろう。かつて、保田與重郎著『日本の橋』にも、この功績《いさおし》は高く評価してあった。但し「羅馬人の発見した橋は道の延長とは云えないのである」と附記することも忘れていない。リアルト橋、この石造りの太鼓橋風山形橋が廊（渡殿《わたどの》）であることも、決してその言を裏切らない。

　黒死病の死屍をのせゆく喪の舟としてゴンドラは黒く塗られき　（地上・天空）
　はふり處《ど》のあらざる石と水の町葬送はまづ舟をえらびき　同
　ヴェネツィア灣にただよふ美しき墓の島サンミケーレの白き墓域見ゆ　同
　死者を島に渡すことよき　死にし者なにものかにわたすことよき　同

ヴェネツィアの橋は、まことに「道の延長」などではない。この水都では道は水路、すなわち運河《カナール》であり、履物はゴンドラか短艇《バルカ》であった。死者さえも、橋を渡って他界に行くのではなく、水路を通ってサン・ミケーレの塋域《えいいき》に運ばれるのだ。旅人は橋を渡って何かを見る。「ひとたびわたる」と呟いて、その後に置く空白。この一回性の悲しみ。またの日に「ふたたび」来て渡ることはあろうとも、それは二度目の「ひとたび」でしかない。旅人は、橋なる「熨斗」を添えて、ヴェネツィアの何を贈られたのか。

水仙を切らむに　古代ギリシャ人《びと》おほよそは弱年に
果てにき

『朱靈』「地上・天空」（紙鳶）

　水仙の清冽に過ぎる芳香が、作者に悲劇的な霊感を齎《もたら》して、神話の、夭折の美少年を幻出したのではあるまいか。神・人、分ちがたい彼らは、この場合「ギリシャ人《びと》」と呼べるかどうか。私は、小首を傾《かし》げながら、今更のように点鬼簿を繰って、「おほよそ」の当否を検べたくなって来る。今、ここで、私が異議を称えておかねば、この美しい独断は、作者が作者ゆえに、そのうちに見事《みんごと》、定説化する懼《おそ》れがある。

　遺憾ながら、ホメロスやヘシオドス、イソップにアルキコロスにステシコロスらの歿年齢はさだかではない。だが、たとえば紀元前の有名人に限っても、「夭折」と呼んで悼むに価する人は数えるほどもいないようだ。希臘《ギリシャ》哲学イオニア学派のタレースは前五四六年歿78、アナクシマンドロス前五四七年歿64、抒情詩人ピンダロス前四四二年歿80、シモニデス前四六八年歿88、アナクレオン前四六〇年歿60、哲・数学者ピタゴラス前四九三年歿89、悲劇作家エスキロス前四五六年歿69、ソフォクレス前四〇五年歿90、エウリピデス前四〇六年歿74、喜劇作家アリストファネス前三八五年歿63、ソフィスト三家のプロタゴラス前四二〇年歿80、ゴルギアス前三七五年歿109、ヒッピアス前四〇〇年歿60、哲学者エンペドクレス前四三三年歿60、彫刻家フィディアス前四三〇年歿60、ポリクレイトス前四〇五年歿47、建築家イクチノス前四一〇年歿70、画家ポリグノトス前四四七年歿28。

歴史家ヘロドトス前四二八年歿56、ツキディデス前四〇〇年歿71、クセノフォン前三五四年歿77、ソクラテス前三九九年歿70、雄弁家リシアス前三八〇年歿65、デモステネス前三二二年歿62、彫刻家スコーパス前三四〇年歿60、プラクシテレス前三三〇年歿65、リシシポス前三一八年歿62、但しこれらの中にはソクラテスのような刑死も含まれる。

二十七例中昔の定命《じょうみょう》五十歳を下廻るのは、画家ポリグノトスただ一人。信憑性はなお疑問の余地あるにしてもゴルギアスは百歳を越えた。一方ソクラテスにしても毒人参を飲まねば百歳まで生きたかも知れぬ。二十七例、平均歿年齢六十九歳弱。勿論他の無名の大多数の「ギリシャ人《びと》」が、殆ど夭折していたかどうか、私は寡聞にして知らない。にもかかわらず、「おほよそは弱年に果てにき」と言われると、その一瞬、このようなデーターは水の上に書いた文字同様、儚い記号の羅列に過ぎなくなるのだ。ああ。

人のこゝろ絶ゆる日なかの流れぐも天涯をゆくうすみづごろも

『鷹の井戸』「阿媽のごとくに」（水衣）

それは流謫《るたく》の天使か、五衰の一つの兆現れそめた天人ではあるまいか。いずれ、透けた天衣《てんい》だけが、蛇の脱殻さながら、ひらひらと漂うのみで、それを纏った「主《ぬし》」は見えないだろう。肉体を有たぬともがらのあわれ。究極は要もない「衣」で、肉体ならぬ「身」を覆わねばならぬという矛盾を、あの天人や天使、即ち天住《てんじゅう》の種族は何と考えているのか。機会あらば、したたかな諷刺を交えて、質問の矢を放ってみたい。

水衣は儚い織物である。そのくせ凛として素樸な意地を秘めていて、纏う者の器量と才覚を試すような性根がある。能衣裳に用いられる所以であろう。経は細い生糸、緯はやや太めの平糸で、あたかも蚊幗地のように織り成す。その網のような硬《こわ》い羅《うすもの》を、枠の上へ拡げ、固い松葉を何本か束にして握り、緯を掻き立てて、あるいは密に、あるいは疎に、自在に、不規則な文様を生んで行く。それを縷水衣《よれみずごろも》と言う。「松葉寄せ」は糸を最も傷めぬ方法だが、葉にひそむ松脂の、目に見えぬ移りも、その香のあるとない薫染も、味える者は幸福である。ただ、枯山水のような天涯の星へ遣われる天使や、華鬘《けまん》がしぼみ、腋から汗の滴るような天人には、あまりにもむごい衣裳とも言えよう。

くちなはの透けるぬけがらさながらにほそき瞼も脱ぎてあらずや

「阿媽のごとくに」（雲中天壇）

湧水にゆらぐ水芹ふはふはと雲中天壇のかたちに漂ふ　　同

黒麻の透かし衣《ごろも》を着てひそむ黒子《くろご》といふを怖れゐにけり

「山ありて水」（薄暮青天）

作者は不在の天使や天人になど、一言も触れてはいない。薄水衣はすなわち流れ雲の形容に過ぎまい。発句と脇のように続きつつ並ぶ上句と下句の、呟きの独り連歌、天使・天人は読者の、軽率な錯視によって生れ出る。「人のこゑ絶ゆる」と歌い出されるのを耳にした者は、その一瞬に、人ならぬ、神ならぬ、仏ならぬものの、天涯に翔るのを連想するだろう。作者の思考は、しばしば天辺に到ってやすらう。その肉体はしばしば、うすものを、軽やかに被ってやすらぐ。人の世の煩わしさを、一一言挙げして嘆きはしないが、疲れた魂は、時あって空中に漂う。流れ雲に、雲中天壇を思わす水芹に、あるいは黒子にさえも憑《よ》って、この世からしばしばの離脱をたくらみ、希うのだ。「うすみづごろも」とは、むしろ、「あくがれいづるたま」であるところの、作者自身であった。

こよひわがかたはらにして弾きたまふ父疾風のごとうるはしき

『鷹の井戸』「阿媽のごとくに」（阿媽のごとくに）

かつて『縄文』に、彼女の父は、赤裸の身にバス・タオルを巻いて現れた。「沐浴ののちなる父」と歌われたその人は、葛原妙子のすべての歌集の中で、恐らくは、唯一の例外とも言うべき絶対者として、たぐいない光芒を引き、ほとんど官能的とも言うべき、甘美な相貌と個性を具備して、聳立《しょうりつ》する。キリストさえ、一種歪《いびつ》な、負の陰翳を伴って、ひっそりと写し出されること幾度か。まして対等以上の登場人物、母・兄・夫のいずれも、当然のことながら、彼女の、時としては刻薄なまでに冴えた視線にさらされる。だが「父」一人だけは、別格の、むしろ聖別された慈眼を細めて、作者を遠くから凝視する。

長身影としあゆみ死にせる父連弾に加はりたまふ　（阿媽のごとくに）
半音の繋き連弾十歳のわれ弾き四十歳の父弾く　同
鳶色に褪せたる寫眞若者父はわが子に赦されたまはず　同

ながき夜に人うち連れて彈くピアノありとしもなき硝子を隔つ　　同

何の影すさびつつ過ぐたまゆらに彈く音絶えし黒白《こくびやく》の鍵《けん》　　同

連弾の曲、「半音の繋き」曲は何であろうか。右に妙子が坐りプリモを弾き、左に父が添うてセコンドを担当するのか、その逆か。打興じて、息を弾ませながら、第一奏者たろうと背伸びする少女に、微笑を浮べつつ従う若い父を想像するのも快い。それにしても、その父を「疾風のごとうるはしき」とは、見事なオマージュであった。雷神ならぬ風伯としての父は、なべてを席捲し、攫《さら》って天翔ける。少女はその父の超能力を恍惚と仰ぐ。

初級の連弾曲にはしばしば、モーツァルトの「優しきソナチネ」やディアベッリの「ソナチネ一四九」が選ばれる。あるいは少女の喜ぶのはツェルニーの「維納行進曲」であろうか。音階の音の粒を揃えよと、父は少女の耳もとで囁くだろう。

もう二、三年みっちり練習すれば、グリーグの「ノルウェー舞曲集」も、モーツァルトの「ソナタ・ニ長調」も弾けるようになるだろう。哀愁を帯びた第二楽章のアンダンテを想像して、「疾風」の父は、ふと瞼を熱くする。父と娘の、ピアノの黒白の鍵をなかだちとする相聞、あまりにも清浄で、あまりにも禁欲的であるゆえに、かえって危く、むしろ少女の心に、鋭い外傷《トラウマ》を残した。連弾とは、聖なる「みそかごと」であった。

雪降ればロレンツォ・デ・メディチの墓かの滑石《なめいし》の塋域なやまし

『鷹の井戸』「阿媽のごとくに」（阿媽のごとくに）

私は真夏七月《ルリオ》のフィレンツェしか知らない。花店に百合《ジリオ》の花の溢れる夏のフィレンツェと、百合と同形の六稜花である「雪」ふるフィレンツェと、いずれが美しかろうか。ともあれ、百合か雪か、純白の、天の花か地の華に荘厳されてこそ、この花府《フィオレンツァ》は輝くのであろう。雪の花府についてはまた、松永伍一の「私のフィレンツェ」が委曲を尽している。

ロレンツォ豪華王《イル・マニフィコ》の墓も、旧廟の、広い八角堂の中にある。床も壁も彩とりどりの大理石を切り嵌め、壁画《フレスコ》で覆われたその堂は、メディチ家の栄華の余波《なごり》、優雅で残念な死者達の眠る塋域の、滑石《なめいし》の光は禍禍しく、何か心を唆《そそ》るものがある。

渇きは新廟の、ミケランジェロが刻んだロレンツォ像の瞑想が、曙と黄昏の男・女像に荘厳されているのを眺める時、更に劇しさを加えるだろう。それにまた、表にあるメディチ家の館で、実像を美化し尽して、神話中の美少年像にまで歪めたロレンツォ像を壁の中に仰ぐ時、四百年の時間の霧の彼方から、苦味の勝った毒薬の臭いが漂って来る。

　ウフィッツィ美術館に行けば、ジョルジョ・ヴァザーリ描くところのロレンツォ像が見られる。縦九十糎《センチメートル》のその暗い画面の中に俯く「豪華王」は、病める野犬を連想させるくらい、頬は落ち、鼻は不様《ぶざま》に尖り、唇は薄く大きく、眉間には深い皺がある。背景には、正義の剣で咽喉を貫かれた悪魔や、「総ての美徳の壺」で額を砕かれた悪徳の断末魔の首などが、さながら地獄絵のように、おどろおどろしく浮び上がっている。

　ロレンツォ・イル・マニフィコ、一四九二年歿享年四十三歳。そう言えばメディチ家は彼の弟のジュリアーノが二十五、息子のヌムール公ジュリアーノが三十八、ピエロが三十二、レオ十世が四十六。死なねば殺される陰謀の城の中で、レオナルドもミケランジェロも、幇間のように、造り笑いをして生きている他はなかった。夭折のジュリアーノは横幅の広い賑やかな顔、ヌムール公は野卑な髭面、ピエロは鈍重な痴呆面、レオ十世は白い猪を思わせるぶよぶよの姿。精一杯美化してこの程度ゆえ、実物は思い半ばに過ぎる。

　伝えるところでは、ロレンツォ像の暗鬱な表情は、土星《サトウルヌス》の神から齎《もたら》されるところの、知性と叡智の徴、憂鬱《メランコリア》を現しているのだとか。十人中七人は美男のイタリアでも、近親婚の血の濁りは、このような劣性の容貌しか残さなかったのだろうか。

火葬女帝持統の冷えししらほねは銀麗壺《ぎんれいこ》中にさやり鳴りにき

『鷹の井戸』「阿媽のごとくに」（をがたまの花）

持統十年（六九六）高市皇子が太政大臣の現職のまま四十二歳で急逝した。この死にも奇妙な翳がある。自然死ではあろうが、あまりにも持統女帝には都合の良い死ではあるまいか。太政大臣に任ずることは、皇太子に名指すことと同じ意味を持つ。それを知りながら、彼の他に人が無かった。彼女の意中の孫、軽皇子は当時まだ満七歳、まさか輔弼《ほひつ》の重責を幼児に任ねることもならず、不承不承の高市皇子指命ではあった。

高市皇子はその母が尼子娘なる卑賤の出自、太政大臣さえ恩着せがましいことだったろう。大津皇子のように、持統帝の設えた罠にはまって憤死する羽目にならなかったのは、ひたすら姿勢を低くして生きて来たお蔭であった。ともあれ、まるで、彼の急逝を待ちかまえていたように、翌年の二月、第一候補と人皆が考えていた長皇子等も斥けられて、持統帝の思い通り、軽皇子が立太子、その八月一日には、彼に位を譲った。彼女はなお生きて大宝二年（七〇二）

十二月二十二日、五十七歳で崩じる。

銀壺の中の白骨が鳴った。がさごそと鳴ったろうか。二上山の方角から腥《なまぐさ》い風が吹かなかったのが、せめてもの幸、この怖るべき野心家の骨は鉄の壜にでも格納して地中深く埋めておくがよい。せめてもの幸は今一つ、思いに思って位を譲った軽皇子文武帝が、五年後、慶雲四年(七〇七)六月十五日、二十四歳で夭死するのを、知らずに先立ったことだ。父、草壁皇子も二十七歳の一生。殺された大津は二十三歳だった。因縁というものだろう。人の呪いは三代まで祟る。祟って当然の所業を持統はしている。

　　ビリチスの姿を映して磨かれた銀の鏡や、眼瞼《がんけん》に青い顔料を引くのに用ひた化粧刀《スチレエ》もそれぞれの場所に見出された。永久に尊ぶべき形見の品、裸形の小さいアスタルテの女神像が、ありとある金の装飾品に身を飾つた骸骨の上を、いつまでも変らず目守つてゐた。骸骨は雪の枝のやうに白かつた。しかし、まことに軽く、まことにもろく、人の手が触れるや否や、塵となつてくだけ散つた。

『ビリチスの歌』鈴木信太郎訳

ピエール・ルイスはこのように華麗な偽の証言を試みたが、まこと、女人の骨とはこのように儚くてこそ、永久に記念されよう。「さやり鳴」って後も、持統の骨は、呪禁の文句一つくらいは彫るに耐えたかも知れない。誰か験《ため》さなかっただろうか。

けいとうの群れゐしところ薄赤き空氣をのこし鶏頭みえず

『鷹の井戸』「阿媽のごとくに」（うすばかげろふ）

　空中に残った「存在の痕跡」とは、時によって、所に従って、「在った」その時よりも更に鮮やかなこともある。「月出でて見るに無きがはかなさ」と嘆いた、あの実朝の月下の「萩の花」にしたところで、月明以前の「存在」よりも、月明以後の「不在」の方が、かえってありありと萩を照らし出しているではないか。

　雞頭花は、まさに老雞の雞冠のように醜く実り、艶のある種子をこぼしつつ、しかも名残の紅をその輪廓にとどめて、ざわざわと映秋の風に揺れていた。それが三日前であったのか三時間前であったのかは判らない。作者は「在つた」紅を、「無い」空間に蘇らそうとする。魚の血を洗い流した汀の砂のように、一瞬赤く染まった一握りの空間が、そこに紗を拡げたように貼りついている。「鶏頭みえず」とは、理の当然の冗句ながら、その当然すら、今一度みずからに繰り返さねばならぬほど、作者は自失していたのか。

子規の「雞頭の十四五本もありぬべし」も、「ぬ」がある限り、現在、眼前の景ではない。子規の眼にも「薄赤き空氣」は視《み》ようとすれば見えたはずだ。だが、彼にとっては、それこそ偽証の最たるものであった。眼を瞑れば網膜に、あたかも眼底出血の予兆に似て、不吉な、退紅の霞がかかった。かかったところで、それが雞頭の映像の余波《なごり》であるとは、彼には、口が腐っても言えなかった。言いさえすれば、彼が漫罵して、かえって譏《そし》りを末代に残したあの紀貫之に、作品を以て一矢報いることができたろうに。

耳痛む寒氣至ればひと日ひと日みひらく心の隈あかくみゆ　『橙黄』「霧の花」（凍る時計）

凍りつく高野の闇に流れゐる山川ほそしひらめくはみゆ　同

蒼ざめし一枚貝の中にゐる貝婦人月《げつ》婦人ともみゆ　『縄文』（一枚貝）

酸鼻なるもの滴れり鷄頭の花冠さかしまに吊るせるを見る　『薔薇窓』（薔薇窓）

カンナ刈り鷄頭刈らるる芝の上にはかに廣き曇天となる　同

かつての「見ゆ」が「見えず」に変った時、作者は有無の現象に煩わされず、その本質を感得した。『薔薇窓』で、目の前に「酸鼻なるもの」を滴らせていた雞頭よりも、非在の雞頭の、緑ならぬ赤の残像の方が、読者にとっては脅威に満ちている。詩歌とは視てはならぬものを、敢えて視ることの証ではなかったろうか。

天上縊死・松の葉のうたをそらんずる天のゆふぐれ ひとごゑもせず

『鷹の井戸』「阿媽のごとくに」（飛行）

朔太郎の「天上縊死《いし》」は大正四年一月の「詩歌」に発表された。七五調の、針葉樹の光の雫を想わせるような不吉な詩だ。「遠夜《とほよ》に光る松の葉に、／懺悔の涙したたりて、／遠夜の空にしも白き、／天上の松に首をかけ。／天上の松を恋ふるより、／祈れるさまに吊《つる》されぬ。」彼は翌月の「詩歌」に「懺悔者の姿」という、散文体の「天上縊死」を発表した。深刻な魂の告白のように見えるが、言葉は鋭利に過ぎ、酔心地である。妙子は、しかしながら、後の日もなお、この「天上縊死」幻想を、折に触れて蘇らせていた。

松の葉はくもりをぞ刺すおもむろにわが閉ざしたる肉眼を刺す　「遊塵」

白松《しろまつ》といふなるまぶしき針葉樹　うつし身吊らむとするにはあらず　「をがたま」56年春「空のあをみ」

天上に縊れて、下からその最期を仰ぎ見られるなど、畢竟《ひっきょう》女人の選ぶべきことではあるまい。「あらず」と否むその唇が、しかしながら、一度は魅されたことを証する。朔太郎の懺悔は、身辺の小事件に端を発し、水垢離を取って虔《つつし》むに到ったと伝える。

むざんや口角より血をしたたらし、合掌し、瞑目《めいもく》し、むざんや天上に縊《くび》れたるものの、光る松が枝に霊魂はかけられ、霜夜の空に、凍れる、凍れる。

みよ、祈る罪人の姿をば。

想へ、流出する時劫《じかふ》と、闇黒《あんこく》と、物言はざる刹那《せつな》との宇宙にありて、只《ただ》一人吊《つる》されたる単位の恐怖をば、光る心霊の屍体《したい》をば。

ああ、懺悔の涙、我にありて血のごとし、肢体《したい》をしぼる血のごとし。

作者は「天のゆふぐれ」なる小標題の、飛行機機内の吟詠の冒頭にこの一首を掲げた。アラスカの上空、あるいはアンカレッジに着陸する前後であり、旅人はこの後シベリアを過ぎ北欧あたりに向うのだろう。空中と呼ぶ無間地獄に宙吊りになった時の、人間の魂の悲鳴を、朔太郎の、脅迫観念と被害妄想の言葉の華に代弁させて、「遠夜《とほよ》に光る松の葉」を誦《ずん》じたのか。「天のゆふぐれ」に、空中に、作者一人が漂っているかの印象を、率然と読めば、受けることだろう。あの、夜の飛行機の、エンジンの音以外何も聞えぬ虚しさと寂しさを、「ひとごゑもせず」の七音に託した。「人の音せぬ暁」に、あるいは更に深い天の一角から、常にいます仏の声が響いて来るのではあるまいか。

卑しきことおもひしならずたふときことおもひしならず白き夏至の日

『鷹の井戸』「阿媽のごとくに」（朝鳥夕鳥）

淮南子《わいなんじ》の「天文訓」に曰く。「日夏至、音比黄鐘《こうしょう》、浸以清」。これに反して冬至は「林鐘《りんしょう》」に擬する。その「林鐘」が日本十二律では「黄鐘《おうじき》」に相当し、支那十二律の「黄鐘《こうしょう》」は「壹越《いちこつ》」に当る。すなわち、「黄鐘《こうしょう》」はRE、「林鐘」はAL。イ調対ニ調の比である。

夏至とは魅惑的な言葉である。北半球では、日照時間の最も永い日と聞くからに、たとえその日が雨であっても、明るい空間を濡らす雨の華やぎは心をときめかす。北欧の夏至のただならぬ賑わいを聞き伝え、語り合いながら、まだコペンハーゲンの春しか知らない私は、暗緑色の森に射す六月二十二日のオスローの太陽を夢み、青灰色に泡立つ峡湾《フィヨルド》の激流を思い浮べて肌に粟を生じさせているばかりだ。

夏至暗き一間に人の立ちをりて寂しもよあな動くともせず　（夏至の火）

夏至の火の暗きに麥粥を焚きをればあなあはれあな蜜のにほひす　同

密集せる屋根に眞晝陽照りながらまさしく夏至を暗しといはむ　「憂犬」（鷹の井戸）

顱頂《ろちょう》に、真上から、夏至の太陽は照りわたる。茫然として、人は一瞬空白状態になる。感動とも困惑とも羞恥とも憤激とも、一切、いささかも関りのない、空しい一時《ひととき》、それは空しさの余りの「ニル・アドミラリ」にも遠い。敢えて言うなら、むしろ「羞明」の、その躊躇と昏迷に近かろう。卑しいことを思ったのは前の日であった。尊いことを考えたのは翌日であったかも知れない。だが、少くとも、夏至の日の、白い日向では、何も心頭を過《よぎ》るものはなかった。虚無すらもその淡青の影を見せることはなかった。

　顱頂に、真上から、夏至の太陽は照り貫く。地上に曳く影は無い。頭の影は首に落ち、頭と首の影は胸と腹に重なり、五臓六腑の影は両肢を伝って、あたかも冷やかな電流のように地に吸われる。一滴の影もこぼさず、それは濃縮された血の臭いを残して他界に消えるのだ。地上には影無き男女が立ち尽す。貴賤両様の想念からさえ見放された、魂抜けの人形達が、白白しい表情で、うつろに口を開いて夕暮まで佇む。「寂しもよあな動くともせず」と作者は歎く。動きようがない。一歩動けば身の影がこぼれ落ちる。腥《なまぐさ》い影が白砂を汚し、想念の底にあった卑しい欲望が形をなすに違いない。この永い永い逢魔が刻を、人は「夏至」と呼び、その一日に何かを懸けつつ一切を忘れ去るのだ。

鷺・白鳥・鶴の類食ふべからずと舊約聖書申命之記

『鷹の井戸』「夏至の火」

必ずしも禁忌のみを書き連ねてあるのではない。「汝らが食ふべき獣畜《けもの》は是なり」と前置きして、「即ち、牛・羊・山羊・牡鹿・羚羊・小鹿」云云と、今日もわれわれが食う獣のたぐいが示されている。偶蹄・反芻の獣は食え、反芻しても蹄の分れていない駱駝・兎・山鼠《やまね》等は食うな。蹄が分れていても反芻しない豚は食うなと、その分類の確かさは、二十世紀の生物学者もたじたじの体と思われる。禁忌の一部は今日も続いている。

鳥類の禁忌は「鷺・白鳥・鶴の類」のみならず、猛禽のおおよそも挙げられ、鴉・駝鳥・梟・鷗も加わっている。蝙蝠の他に鸅鸆《おすめどり》などとあるのは鷭《ばん》の古名らしい。ただ、この鳥類については、「食ふべき鳥」が明示されていない。禁じられていないものを拾う他はなく、雀・雉子・鴨・鶉・鶏・山鳥等が考えられるが、近東・エジプト・地中海沿岸に棲息しない鳥もあろうから、一概には言えまい。また禽獣虫魚の食用適否については、むしろ「申命記」に先立つ

「利未記《レビき》」が更に詳細を尽している。

水にある諸《もろもろ》の族《もの》の中、汝等の食《くら》ふべきものは是なり。凡て水の中にをり、海河にをるものにして、翅《ひれ》と鱗のあるものは汝等これを食ふべし。凡て水に動くもの、凡て水に生けるもの、即ち凡て海河にあるものにして、翅と鱗なきものは是汝等には忌《いま》はしきものなり。是等は汝等には忌はしきものなり。汝等その肉を食ふべからず。

魚類以外で水中にいるものは駄目となると、貝類一切、蝦・蟹・蛸・烏賊《いか》・水母《くらげ》・海胆《うに》・海鞘《ほや》等すべてタブーの中に含まれる。羽を持ちながら地上を匍う昆虫も食うべきではないが、例外として蝗《いなご》と螇蚸《はたはた》は食用に供することを許している。

鰭無きものうろこ無きものなんぢらに忌はしきもの食ふべからずと　「阿媽のごとくに」（飛行）

申命記かくは記しき「イスラエルの男子《なんし》に男娼《なんしやう》あるべからず」　「短歌」55年1月「瑠璃」

禁令を明記しておかねばならぬほど、その風は盛んであった。ロトの家に二人の天使が泊った夜、ソドムの邑《まち》の男らは押しかけて、客を験《ため》そうと言い募ったくらいだ。申命記はまた、男の女装と女の男装をも固く禁じている。父の妻を娶るな、外腎を傷めたり、玉茎を切ったりした者は人外とせよとも命じている。強姦者は凡て死刑、但し、新婚の夫は軍《いくさ》に出すな、一年は家で妻を慰めよと、ある意味では粋な条文も添えている。

玻璃鉢にシャロンの薔薇の泛けりけるさびしきろか
も　めぐりもとほる

『鷹の井戸』「憂犬」（假面）

その頃イスラエルの野にはどんな薔薇が咲いていたのだろう。エルサレムの東、エリコにあるヘロデ大王の離宮には薔薇が咲き乱れており、それも見事な園芸種だったと伝えるが、信じてよいものかどうか。薔薇の原産地の一つペルシアの都は「薔薇《スーサ》」と呼ばれ、スーザンもシュザンヌも、その名残を伝えた「薔薇子」だと聞く。現に辞書で〈Susa〉を引くと、「イラン西部の廃都・古代 Elam の首府にて、聖書には Shushan と記さる」とある。

だが一説に依ると、ペルシア原産の薔薇も百合も、北方アルメニアを経て、西のローマに伝わったが、シリアは通過しなかったので、少くともキリスト紀元前には、すなわち、旧約聖書時代には、両花ともこの地には植えられず生えず、全く未知の植物だったと主張している。いかにも「百合」は「水仙」の一種の転訳とされているし、「薔薇」はただの一度も旧約聖書にも新約聖書にも現れない。

　われはシャロンの野花、谷の百合花《ゆり》なり。女子等の中にわが佳耦《とも》のあるは荊棘《いばら》の中に百合花のあるがごとし。わが愛する者の男子等の中にあるは林の樹の中に林檎のあるがごとし。我ふかく喜びてその蔭にすわれり。その実はわが口に甘かりき。彼われをたづさへて酒宴《さかもり》の室《へや》に入れたまへり。その我が上にひるがへしたる旗は愛なりき。

旧約「雅歌」第二章の冒頭に、この美しい詩句は現れる。シャロンとは「平地」を意味する。この野花はヘブライ語のchabatselethを意訳したもので、以賽亜《イザヤ》書には同じ語が「番紅《サフラン》の花」となっている。泊芙藍は鳶尾科《いちはつ》、遠い存在ではない。考証はこれくらいにしておこう。言葉は魔物である。「玻璃鉢」に泛くと聞けば、「シャロン」も異次元に栄える都の名のように響き、「薔薇」も奇跡の青薔薇かと思う。

　多分、薔薇名花コレクションの園遊会に、メイヤンかグレゴリーか、はたまた、マグレディが、その時に発表した一代限りの新作、多分ドイツ種のタンタウ作「ブルー・ムーン」のように青菫色の悲しみに満ちた色であったろう。ガラスの器に泛べて鑑賞するのも一つの約束であり趣向、花そのものの色香を見分け聞きわけるには、最も適していると聞く。一字の休息を置いての結句「めぐりもとほる」には、やや俯き加減の作者の吐息が、あたかも薔薇の香のように、心ある人には聞えよう。

ほのぼのとましろきかなやよこたはるロトの娘は父を誘《いざな》ふ

『鷹の井戸』「憂犬」（假面）

ソドムの滅びる日、エホバは二人の天使に予告させた。ロトはこれを信じて、二人の娘の婿と定めていた若者にもこれを伝え、脱出を勧めたが、二人共に嗤って取合おうとはしなかった。最後の日の早朝、天使はさあ、時は迫った、早く家を出るようにと促す。ロトの家族は躊躇していた。天使達は、ロトとその妻と、二人の娘の手を取って導き、ソドムの街の外に置く。「エホバ欺《か》く彼に仁慈《あはれみ》を加へたまふ」と創世記は伝えている。

ロトの妻は天使の戒めを忘れて振返り、硫黄と火を浴びて濛濛と燃え上る街を見たために、たちまち塩の柱となって再び蘇ることはなかった。ソドムもゴモラも烟焰窖《けむりがま》のように煙を吹き、生けるものは何一つ残っていなかった。今、息の通っているのは、ロトとその二人の娘の他にはない。物語はここから始まる。

斯くてロト、ゾアルに居ることを懼れたれば、其の二人の女《むすめ》と偕《とも》にゾアルを出でて、上りて山に居り。その女子《むすめ》と共に巖穴《いはや》に住めり。玆《ここ》に長女《あね》、季女《いもと》にいひけるは、我等の父は老いたり。また此の地には我等に偶《あ》ひて世の道を成す人あらず。然れば我等父に酒を飲ませて与《とも》に寝ね、父に由りて子を得んと。遂にその夜父に酒を飲ませ、長女入りてその父と与に寝たり。然るにロトは女の起臥を知らざりき。

創世記は翌晩、長女の勧めで季女も全く同様の計略で、泥酔して前後不覚の父と寝る。二人はめでたく孕む。姉の生んだ子がモアブ、妹のはベニアンミ、それぞれモアブ族・アンモニ族の始祖となる。以後のことはともかく、子孫繁栄のためには父娘相姦の乱倫も敢えて侵すこの心意気は凄まじい。それも父が娘に因果を含めるのならともかく、娘の方からまことに積極的に策を練り、素面《しらふ》では断られることを予想して、盛り潰してから被強姦風和姦を遂げさせるところ、近世毒婦伝の某女・某夫人も三舎を避けよう。

「ロトの娘は父を誘《いざな》ふ」とは、何たる優雅な作者の配慮だろう。これで、父ロトは、不様《ぶざま》な、種馬としての恥辱から救済されて、敢えて近親姦を選ぶ一人の男として蘇り、見事に復権するだろう。これでは、しかし、いかに利未記《レビき》等で「骨肉の親に近づきて之と淫するなかれ」云云と、きびしく戒めたところで、全く迫力がない。極限状況の但し書の百行くらいは、是非是非補足してくれねば、誰が納得するものか。

しみじみと聞きてしあればあなさびし暗しもよあな

萬歳の聲

『鷹の井戸』「憂犬」（夕ありて朝）

同じ「萬歳」にしても、たとえば昭和一桁の世と十年代前半と、十六年歳晩以後と、敗戦直後と、三十代と四、五十年代と、六十年代以後では、露骨に、かつ微妙にそのニュアンスを変えるだろう。私はその昭和一桁代から今日に到るまで、あの掛声が悪寒を催すほど嫌いだ。強いられた合唱の一瞬も、私は唇を動かすのみで、心中は他の呪《じゅ》を繰返している。読唇の術を知る人は、必ずやその禍禍しい詞に慄然とするだろう。

もともと「萬歳」とは「萬年」と同義であった。寿命もしくは運命を祝福して称える辞に他ならぬ。私人に対して言う場合、天子に奉る時、幾つかの例は「韓非子」や「漢書」にも見えるが、日本のあの「萬歳三唱」や「天皇陛下、萬歳！」は根本的に異る。祝・祭日の儀式や、記念の式典に際して、誰かの先導によって、蛮声を張上げる弊風は、明治二十二年二月十一日、憲法発布の祝典挙行の当日、帝国大学学生・職員が、明治天皇の観兵式行幸の鹵簿《ろぼ》を望み、

「萬歳」を連呼したのに始まると聞く。おろかな濫觴《らんしょう》であり、笑止な嚆矢《こうし》と言う他ない。しかもその背後には、教授仲間が発声を提案し、中でも和田垣謙三博士がこの濁音頻発の呪文を発案したと伝える。「さきく！」とでも叫びたければ勝手に叫べばよい。サイケデリックでいかほどか楽しかろう。私は戦争中の「萬歳」には、なにゆえか「犯罪！」に濁点を加えたような気がしてならぬ。

今一つは「千秋萬歳《せんずまんざい》」の略、いわゆる芸能の一つの「萬歳《まんざい》」との差のまぎらわしさである。現代では文字遣いを変えて区別したつもりらしいが、苦肉の策か無智によるものか。新婚の二人が旅立とうとするのを、嫉妬と羨望と憐憫と軽侮の錯綜する眼で取囲み、花婿を引摺り出して胴挙げの上叫ぶ「萬歳」、あれこそ堕ち果てた二十世記の萬歳《まんざい》。

まことに「あなさびし暗し」の一語に尽きる。今わの際の、喘鳴頻りな老父・母に向って、その子がかすれ声で唱えるのに、むしろ最もふさわしかろう。それにしても、ロシアの「ウラー」、英・独の「フラー」、あるいはラテン諸国にも通ずる「ブラヴォ」等、いずれも空虚で野蛮だ。人、感極まった時、おのずから一人一人の、誰にも倣い得ぬ感歎詞があってよい。それすら制服《ユニフォーム》でないと安心できぬこと、それが人の性ならば「さびし暗しもよ」とは、自分自身の魂の暗闇に向って洩らすべき嗟嘆の声であった。

人あれば妻をたづさへあらはれて遠街に妻の人はかぎろふ

『鷹の井戸』「憂犬」（だんだら）

何故に「妻をたづさへあらはれ」ねばならぬのか。それは、妻帯していることが、成人男子としての唯一最大の証明であるという錯覚を、不知不識に逆用して、みずからも再錯覚の快感を楽しもうとするのか。大酒と荒淫が「男子」の資格であると同時に、「一家を成す」ことは、男として世間に通用する最低の条件の一つであった。それは、彼が最小単位の家族を構成して生活すること、すなわち妻を得て別に一軒を構えることで、決して、学術・技芸を以て立身し、一方の雄となることなど意味しない。

人交りするための条件を具えていることを見せるため、疑い深い世間を宥め、安心させるには、「妻をたづさへあらはれ」るのが何よりも便利であった。たずさえられた妻もあわれであろうが、男もまた、心にもない演技を強いられて、心は空虚を極める。そのニル・アドミラリな心理は、敏感に配偶者にも感染して、「妻」は脱殻のような存在になり、遠街にあって、ゆらゆらと陽炎に包まれ、そのまま消えそうになるのだ。齋藤茂吉の歌集中には「妻」の、特殊な詠が見られる。遥かな、微かな本歌とも思うべきか。

みじかかるこの世《よ》を經《へ》むとうらがなし女《をみな》の連《つれ》のありといふかも　『あらたま』

わくらはに生《あ》れこしわれと思《おも》へども妻《つま》なればとてあひ寝《ね》るらむか　同

朝森《あさもり》にかなしく徹《とほ》る雉子《きじ》のこゑ女《をみな》の連《つれ》をわれおもはざらむ　同

二十年《にじふねん》連れそひたりしわが妻を忘れむとして衢《ちまた》を行くも　『白桃』

ほそ道を曲らむとしてわがために妻のごとき人をうしなふ　『鷹の井戸』「憂犬」（はぐれたりな）

茂吉の詠、「女の連」の二首はけだし傑作の中に数えてよかろう。妻の字が入ると何かことわりめき楽屋落の一歩手前で歯を食い縛る趣も見える。その点、妙子の「妻」は、完全な抽象名詞として生きている。靉靆《あいたい》として捉えどころがないかに見えながら、その核心の苦みは舌を痺れさすに足りる。「あれば」「あらはれて」の頭韻の部分には、特に主体性のない男、亭主一般の、不甲斐ない顔と姿勢さえ髣髴するではないか。

第三句の「て」の持つ不思議な効用も特筆に価する。意味の上ではむしろ「あらはるれど」に近い逆接助詞がふさわしいのに、それでは嫌みでありくどい。「あらはれて」の、尽さぬ思い、尽せるはずもない舌打に似た口惜しさの、それゆえに一入心を刺すことだ。

銀杏《ぎんなん》の乳の匂ひの淡くして夕月は出づ　あはれノア・ノア

『鷹の井戸』「憂犬」（龍笛）

公孫樹の果実の熟れ極まって落ちる頃、あの牛酪《チーズ》に柿渋を加えたような腐臭は、鼻孔を刺し、眼底を擽《くすぐ》り、後頭部を侵す。それは、たとえばゴーギャンの在タヒチ作品にたぐえるなら、あの「テ・アリイ・ヴァヒネ」すなわち「マンゴーの裸婦」のチョコレート色の若い女の腋や腿から発散する体臭を思わせる。濃きは耐えがたく、時としては嘔吐を催しもする。頭痛を覚えることも稀にはあろう。銀杏は魔の堅果ではあるまいか。

だが、あのぶよぶよの腐ったフロマージュ状の果肉を洗い落とし、灰黄の、セルロイドで作ったような堅果をからりと干し、焙烙《ほうろう》で煎った時、中なる淡緑鮮やかな種子は、煮立てた牛乳の、あるいは迸《ほとばし》って唇の辺を濡らす母乳のような、懐しい匂いがする。その底に一脈の動物的な甘みと臭みを隠した、ほろ苦いこの果実の味と香は、ゴーギャンを魅《ひ》いてやまなかったマオリ族の女の息吹に似てはいないだろうか。

純粋ではげしい色彩が私を幻惑し、盲目にしてしまった。……見たままを描き、大した構想もなしに、赤や青を私のカンヴァスに置いていくのは、まったく容易なことだった。小川の黄金色の形は私を魅惑してしまった。どうして私はこの太陽の金色の輝きやあらゆる歓喜を、私のカンヴァスに置くのをためらったのだろうか。ヨーロッパの古い習慣、堕落した民族の表現の臆病さよ！

ゴーギャン『ノア・ノア』岩崎吉一訳

熱帯にアトリエを持つことを熱望した彼の、その夢がかなった時、彼は洗面器一杯の喀血をするくらい肺を蝕まれていた。一八九二年三月、四十五歳の彼は毎日血を吐き、滞在費は底をついていた。『ノア・ノア』は夢物語の中の夢に過ぎない。彼はその頃既に、単に異国情緒に酔ったり、ヨーロッパからの逃避を考えたりはしていなかった。

海遠くなり　海一重となり　魂を離れしペンの手重し　「龍笛」

水色に馬を塗りたるゴーギャンは浅瀬を渉りゆきしことありや　同

超個人的霊感の根源、非・ヨーロッパにのみある呪的な、生命力の故郷へ還らねば、未来の芸術は生れないことを、痛切に感じていた。「われわれはどこから来たのか、われわれは何なのか、われわれはどこへ行くのか」は、自殺を決意した彼が、遺作として描いたものであった。肉体は常に魂を裏切り、魂は必ず彼に先んじて異次元を翔《かけ》った。

日暦はみづのとひつじ　北の方《かた》美しき羊一匹がゐる

『鷹の井戸』「憂犬」（擦過）

みづのとひつじ、「癸《き》未《び》」、日暦では当然のことに、十干十二支の最小公倍数六十日毎に周って来る。言うまでもなく、年数にすれば還暦となる。十干＝甲《こう》乙《おつ》丙《へい》丁《てい》戊《ぼ》己《き》庚《こう》申《しん》壬《じん》癸《き》の最後の癸は、四季の最終、春夏秋冬の「冬」を表し、方位でも末尾の、東西南北のその「北」を意味する。「北の方」に未がいるのも、勿論ここに由来するが、持って廻ったことわりとは全く無縁である。十干に詳しからざる人にも、一種の呪文として、むしろ初初しく響き、まこと北の方、それもそのかみの蒙古・新疆・青海・西蔵、あるいは外バイカルからイルクーツクのあたりが、脳裏にはまるで黄灰色の箱庭のように浮び、そこにふさふさと「ベージュ」の色の毛を風に靡かせて、柔和な羊の遊んでいる様がありありと浮んで来る。それも放牧の「群」ではない。選ばれて、あるいは過って、いるべきでない空間に置かれつつ、みずからはそれと気づかない、無辜の羊が「一匹ゐる」のだ。

南方熊楠の「十二支考」の「羊」に、「啞羊僧」なる言葉が見える。景戒や奝然《ちょうねん》が、みずからを「羊僧」と名告ったが、この遜称すなわち「啞羊僧」の略、釈《と》けば、僧に「羞僧・無羞僧・啞羊僧・実僧」の四種あり。たとえば白羊は、人に殺される際にも、啞のように声を立てない。立てることができないのを写して言うとある。黄道十二宮の「白羊宮《アリエス》」も漢訳で、その正体は緬羊であった。「美しき羊」の「美」の中にも「羊」はいる。何一つ反論・陳弁することなく、澄んだ目を殺戮者の方に向けて、しずかにことされる一匹の家畜。その潤んだ目は、下手人の心に永遠の北を示すだろう。

　　オリーヴの枝に羊毛を靡かせてかのぎりしやびと祈願せしらし　「山ありて水」（朝の鴉）

　　北晴れて空のまほろば透きゐたれかなしからざるなみだを流す　（山ありて水）

羊と北にまつわる幻像は、なにゆえか涙ぐましい。日暦がはらはらと風にめくれる。およそ二月に一度、春から夏にかけて三度、秋から冬にかけて三度、それは忘れた頃に、不慮の災厄か、思いがけぬささやかな吉報のように訪れる。日暦の面の、たとえば、昭和五十七年四月三十日金曜日五黄仏滅癸未・上弦二十一時七分・月出十時三十五分月入零時十六分・満潮八時十九分より二十三時五十九分の無表情な表示を眺める時、明日からの生が「北の方」に開けて行くことを、唯一の支えとする悲しみがまた蘇って来るのだ。

女《め》の雛《ひいな》ほろびにけりな雲ながれ雲のしりへに瓔珞流る

『鷹の井戸』「憂犬」（擦過）

流し雛、それも空中の流し雛と言おうか。空の渚にも、人間の穢を肩代りした、あわれな人形《ひとがた》が漂い着くのか。「花の色は移りにけりな」とは小町の歎き、「木曾と申す武士、死に侍りにけりな」とは西行の非情な舌打。「ほろびにけりな」とは中有を望んで洩らす作者の溜息である。女雛の、薄の葉で切り開いたような眼、蝶の触手で刷いたかの眉は、いささかも動かず、人の災厄も沈淪も見尽して、その緑金に光る、菫の雄蕊ほどの唇がわずかに痙攣する。ほろびにけりな、空の渚にはららぐ霰・霙・雹のたぐい、雨・氷雨・驟雨・霖雨・日照雨、それに雛の好きな風花の空、その一日一日に、彼女の鼻は溶け、頰は崩れ、膝は砕け、それよりも先に手が欠けてしまった。ほろびようとしていた。

　ほろびつつあった。ほろびて行った。ほろび終る寸前の、唐衣《からぎぬ》や五《いつ》つ衣《ぎぬ》が中空に靡いていた。杉の秀に引っかかっているように見えるのは衵《あこめ》扇の糸花であろうか。それに火星と思って目を伏せたが、あれは釵子《さいし》が白雲の光を反したのではあるまいか。それらも今は、雲と共に西方に漂い去ろうとしている。雛の余波《なごり》、雛の余香、雛の余殃《よおう》。

疾風はとほく吹きゐつ目の前に雛のをらざる赤き階段　（擦過）

雛壇の緋毛氈を恥の赤色とすっぱぬいた閨秀作家がいたがそれはともかく、雛の一族郎党、否、主従悉く不在、調度供物すべて影も形もない、ただの赤い階段の空しさも、それが「赤」なるゆえに一層むごたらしい。「雛のをらざる」とは「雛の＝未だ＝をらざる」ではなくて、「雛の＝既に＝をらざる」謂であろうか。五人囃子は笛も鼓も残さず立ち去った。随身の簓《ささら》の影の映っていたあたり、桃の花の一片《ひとひら》も、花粉さえ残っていない。わずかに、畳の上に、食いこぼした菱餅の粉あるのみ。

流れ去るものの中に混る「瓔珞《ようらく》」、否、今はそれがただ一つの、女雛の存在した痕跡を示す瓔珞とは、彼女が、そのかみ、五節の舞姫に選ばれ、大嘗会の宴に出た時の、髪に飾った宝鈿のそれではなかろうか。第二日目の淵酔《えんずい》で、男雛となった人に見初められた。それも遥かな思い出、雲の流れに身を委ねて、ここ過ぎれば悲しみの市と口遊みつつ、西へ西へと運ばれる。すべてを吹き飛ばした疾風も今はおさまり、下界は青葉若葉の日日、もう、女雛の記憶も薄れ去り、流れ残った官女の幾人かが囚われる頃である。

おほきなる屑籠ありてやはらかきみどり兒を容るるに足らむ

『鷹の井戸』「山ありて水」（わすれ蚊）

連想するに事欠いて、屑籠を嬰児の容器にとは！　そう思って眉を顰《ひそ》めながら、顰めきれない、一種の羞恥と恐怖が湧き上って来る。まことに「屑籠」、それも紙屑を丸めて投げ入れた量《かさ》が三分の一、充ちなかった空間にふわりと「みどり兒」を落すのは、快い愚行の一つに数え得る。殺そうとまでは思わない。遺棄の志すらない、無目的で無償で、愛情すら伴わぬ行為、その空虚な清清しさは、とても言葉に転換できるものではあるまい。

コイン・ロッカーへの嬰児幽閉廃棄などとは更に無縁、なけなしの晴衣を纏わせての門前置き去りも、勿論さらさら関りはない。第一、作者には未知の嬰児であり、この歌の生誕以前には抽象名詞であった「みどり兒」なのだから。だからこそ、かえって、「容るるに足らむ」と嘯《うそぶ》いて、嘯いた途端にその言葉すら念頭に残さぬ趣の、作者の心理は、むしろ、そのために妖しい微光を放ちつつ、しずかに冷えて行くだろう。

みどり児を指ししはその母　みどり児は眞白き蛹のごとく捲かれゐき
『葡萄木立』「穀倉」（指す）

扉のすきに眸ひそかにとどまれるをのこ兒《ご》紙のこどもとも見ゆ
『朱靈』「西冷」（瞬く）

泣かむとし泣かざる汝幼子のちひさき百合根燐をともしつ
「魚」（哀泣）

首いまだすわらぬ赤子を連れ去りし我子たちまち人中にみえず
「火山《くわざん》」（あらはるるとふ）

しろき兒は孤兒《みなしご》のごと洗はれてやはらかきマットの上に立ちたり
（孤兒）

薄毛の赤ん坊はわが子ならざるを薄日の庭に抱きてさまよふ
「熨斗」（冷茱）

天よりの恩寵、無垢無染の魂、愛の結晶と、嬰児を讃美するのは自由であり、まさにその通りであり、おのが子ともなれば、それどころの褒詞でもまだ足るまい。だが、冷えた心で眺めれば、この無気味な、マシュマロウさながらの肉塊、人間の蛹、衝動的に泣きわめく人間猿、一秒も目を離せぬ傷つき易い、忌むべき貴重品は、全く厄介千万で迷惑至極な存在である。屑籠にほうりこんで、それで未来永劫後腐れのないものなら、そうしておきたいくらいだ。嬰児嫌悪は、その人の心の中の「嬰児性・幼児性」に起因すると聞く。そして強弱・濃淡の差こそあれ、おのが内部にインファンテリズムの傾向は必ず潜んでいるはずだ。まこと、愛らしいと目鼻を垂らすのは、その嬰・幼児につゆいささかも責任を持つ必要がなくて、真実「天使のように」美しく愛らしい容貌の場合のみであろう。

死《タナトス》と囁くこゑすけむりぐさいつくしきけむりぐさをぞ喫ふ

『鷹の井戸』「山ありて水」（朝の鴉）

死を思いつつ煙草を吸う。かすかに生命を縮める予感に脅えながらも、抜きがたい習慣が既に性癖にまで昂じた喫煙を続ける。「業《ごう》」に近いこの楽しみは、しかしながら、意識・無意識は別として、禁忌を伴うからこそ、更に濃くなるのではあるまいか。もし、マリファナやコカインやモルヒネ同様に、所持していることすら有罪となるのなら、煙草の味は三倍になることだろう。逆にそれらの禁制が解かれたら、罪の甘みは一瞬の中に消え去る。愚かな中毒患者は増え続けるばかりだが、禁制ゆえの天文学的な価格は、需給のバランスが保たれていれば、翌日から暴落し、その面のみに関連しての犯罪は減ろう。

作者の言語感覚はこの喫煙詠に於て、奸智すれすれの屈折と冴えを示す。「死《タナトス》」と、今一つ「煙草＝けむりぐさ」なる間接表現が、ともすれば暗澹たる幻影を招きそうなこの歌に、胸もとを寛《くつろ》がせ、揃えた膝を組んだかの、やすらいとやすらぎを齎《もたら》すのだ。たとえるなら、黒の礼服を、作者好みの淡黄の麻衣に更えたような、幅のある安堵と言おうか。そのくせ、背後の、喫煙と死の相対関係は、その深刻な関りあいは、本質的にはいささかも変らない。問題にしないのは専売公社のみであろう。

　階段をくだりし者はさびしらに莨を吸ひぬふかぶかと吸ふ　「をがたま」56年夏

　Thanatos《タナトス》といふ文字見つけむと今日《けふ》一日《ひとひ》焼けただれたる書《ふみ》をいぢれり　齋藤茂吉

茂吉はその歌集『ともしび』に初めてこのギリシア語を用いた。彼にこの言葉を教えたのは森鷗外、大正十年の秋のことである。安楽死《ユータナジー》の語源について質問した時、鷗外は彼に「タナトス。デル・トウト」と答える。この件《くだり》は随筆「森鷗外先生」に詳しい。タナトスはラテン語の〈mors〉《モルス》に対応する。ギリシア神話中の神の名であり、もともと冥界の王であるハデスの侍僮《じどう》を勤めていた。「煙草《けむりぐさ》」を、タバコなどと訓ませる方に飛躍があり過ぎる。Nicotiana《ニコチアナ》 Tabacum《タバクム》、天正年間、葡萄牙《ポルトガル》人によって舶来したこの猛毒の植物、爾来何万何億の人を殺して来たことか。その罪業さえも、「死《タナトス》」と「けむりぐさ」は、はんなりと薄めかつ宥《なだ》めてくれる。その「けむりぐさ」の「けむり」は、さぞかし、薄紫に、優雅に輪を描き、その香は、たとえば缶入「ピース」の封切の刹那の甘みと、最初の一本の限りない滋味とを兼ね、「死《タナトス》」をさえ、陶酔させることだろう。

ストーヴの火口見えをりちひさなる蜥蜴は烈火の炎にをりぬ

『鷹の井戸』「山ありて水」（炎）

この暖炉、竈型にせよ筒型にせよ、壁炉風にせよ、料理用にせよ、石油でなく、石炭を焚く、やや旧式のものが面白かろう。白熱したコークスの熔岩の上を這い、あるいはその緋色の裂目に隠れるからこそ、「蜥蜴」であろう。青焔《ブルー・フレーム》の規則正しい、短い火の輪のほとりでは、幻の爬虫の出る場所がない。「ストーヴ」は噴火口であった。

この「蜥蜴」、紛れもなく salamandra《サラマンドラ》 であろう。「火蜥蜴《ひとかげ》」、もともとは山椒魚を意味する言葉であったが、後に想像上の怪虫、火中に住みながら焼けぬ、不死のシンボルとされて来た。また「風精《ジルフ》」「水精《ウンディヌス》」と並んで「火精《サラマンドラ》」とも呼ばれるし、火を食って見せる手品師や、砲火を潜って奮戦する兵士をも、こう呼ぶ場合があるようだ。小栗虫太郎はその傑作『黒死館殺人事件』で、「Salamander soll gluhen ＝ 火神《サラマンダー》よ燃え猛れ」という呪文を小標題に立てて、フィンランダー式の火《か》術《じゅつ》弩《ど》を用いる殺人を案出している。火砲初期の巻上式にも相当距離のある前時代的火箭ではあるが、その鬼箭には火薬を絡ませ、敵塞に射込めば殺傷と焼壊を兼ねる、怖るべき武器となる。

落ち窪みあなや崩れむ爐火の中なほ灼熱の釘一つあり　『縄文』（野分けならぬを）

つひに火は神の格なりうす暗き土間の隅にし燃ゆるときしも　『飛行』（火）

瞭《あきら》かなる炎をみるべく山の庭美しき竈《かまど》一つ据ゑたり　『葡萄木立』「啄木鳥」（青蟲昇天）

晴天空漠の量　人をりて曠野《あらの》をひらく火藥の量　『朱靈』「天使」（赤天）

荒縄は縄の形を保ちつつ火中赤熱の火縄となりぬ　「熨斗」（庭火）

火《くわ》の星の蠍《さそり》いでつつ口邊に杏仁の香の沁みし冷菜　（冷菜）

火にまつわる詠は夥しい。水に劣らず迫力のある力作をしばしば見る。かつては炉火の中の一本の釘であった焔が、神の位に上り、かつはまたある時蜥蜴となる。火蜥蜴を虫太郎が「火神《サラマンダー》」と表記したこととも、ここに偶然ながら符節を合わす。ストーヴの中の蜥蜴は、案外、蠍座の「アンタレス＝火星の敵」から閃いたのかも知れない。

この星、蠍座の首星、夏の宵、南の天に燃え、支那では古来「大火」を意味した。火星の敵とは「Antares=anti-Ares=anti-mars」で、軍神《マルス》（火星）はギリシアでアレスと呼ぶ。火と妖虫の脈絡を思いつつ冬は炉を夏は天を眺めるのも一興か。

寄席《ヴァリエテ》、と入日に思へばかの古き獨逸のわざをぎ存へ
をりや

『鷹の井戸』「山ありて水」（山ありて水）

フィルム・ライブラリーの上映予定表《スケデュール》を調べていると、稀には「ヴリエテ」のリスト・アップされているのを見ることがある。今日ならば「ヴァリエテ」を通り越して、文部省通達通り「バリエテ」と書かれるところだ。制作が一九二五年、日本封切が翌翌年の昭和二年ゆえ、「ヴリエテ」で通ったし、この表記でこそ、あのドイツ・ウーファ、否それも書くなら「独逸《ドイツ》ウーファ」の名画が心中に蘇るのだ。

〈ヴリエテ＝Variété〉無声・黒白映画。監督＝E・A・デュポン。空中サーカスの曲芸師ボス＝エミール・ヤニングス　その妻＝マリー・デルシャフト　小娘ベルタ＝リア・デ・プティ　曲芸師の若者マルティネッリ＝ソルウィック・ワルト。配役を書けばお見通しのように、「ヴァリエテ＝ヴァラエティ・ショウ」一座の中年男と女房と小娘と若者の三角乃至四角関係で、最後は嫉妬に狂ったヤニングスが、ベルリンのヴィンターガルテンで若者を刺し殺して自

首、無期懲役の刑に服する。ヤニングスは一八八四年生れでこの時役柄にぴたりの四十一歳。もっともこの映画で爆発的な人気を呼んだのは、妖精的なセクス・アピールを以て男一人を破滅させるリア・デ・プティの美貌であった。

「寄席《ヴァリエテ》、と入日に思へば」とは、あたかも無声黒白の古典映画のような、懐かしく古びれつつ、寂《さ》びた品位を喪わぬ初句・第二句。「獨逸のわざをぎ」も負けず劣らずの懐古趣味だが、いささかも臭くはない。年代物の葡萄酒の色と香、舌触りと咽喉越しのように、悲しいくらい雅やかで、心に沁む。「存へをりや」、ながらえていたのは一九五〇年までである。この年の一月二日、二十世紀前半のドイツ第一の名優は、オーストリアのヴォルフガング湖畔で永眠した。思ったより遥かに若い六十六歳の死であった。

ディートリッヒのために名高い、スターンバーグ作の「嘆きの天使＝Der blaue Engel」の老教師を演じたのは一九三〇年四十六歳。だが、玄人筋が今でも懐しむのは、「ヴァリエテ」の前年、ムルナウ監督の「最後の人」に示した名演であった。金モールきらびやかな一流ホテルのポーターが、便所の掃除夫に配置転換される悲運を、ヤニングスは迫真的な表現力で演じおおせたと伝える。「存へをりや」、それは「ながらへをれかし」と祈る心でもあろう。一九七七年まで生きても九十三、有り得ぬことではない。

男子二體ひとつ棺に納めたる葬《さう》の古記録ありて傷めり

『鷹の井戸』「山ありて水」（龍の水）

いかなる因縁あって「男子二體ひとつ棺」となったのか。この世にただ二人となった父と子か。兄弟か。血の繋りのない「男子二體」を、共に葬ることはあっても、一つの棺に納めることは、たとえ確で、違背しがたい遺言書があったところで避けられるところであろう。選び選ばれた師弟関係、刎頸の友同士、血盟の義兄弟、一所の死を誓った主従、これらが、共に最期を遂げることはあり得ても、かつまた共に葬られることを願ったとしても、「葬」の方は、何分死後のことゆえ、意思の及ばぬは当然である。

死後の処置まで恣意になるものなら、レオナルド・ダ・ヴィンチがフランチェスコ・ダ・メルツォと同じ塋に入らなかったはずがない。木曾義仲が今井四郎と肩を並べて埋められなかったはずはない。西郷南洲はなぜ月照と同じ墓で眠っていないのか。いつの日かジャン・マレーが身罷った時、コクトーと墳墓を同じくするだろうか。多分願ったとて、果されることはあるまい。ならば結果的に、「男子二體ひとつ棺」は、極く単純素樸に、血縁か、混乱時の偶然の異例の措置と考えておくべきか。作者は何の判断も下さない。だから、一首の終ったところからの、深く長い物語が始まる。

湯を浴びる少年ふたり月明に相似の裸身恥ぢにけらしも　『薔薇窓』（鳥の章）

死者は毒をかもさん棺《ひつぎ》の中　おもむろに安置のとき過ぎしより　『葡萄木立』「葡萄小立」（聴こえざりき）

神父二羽の鴉となりてあそびたまふさわだつ海のしろ砂とほし　『鷹の井戸』「阿媽のごとくに」（夜警）

寺院サンタ・マリア・ノベラの廻廊下修道士立ちて葬られてゐき　「憂犬」（苦熱）

栗の木はさびしきときに生ひいでて相模古墳の臺地を掩ひぬ　「山ありて水」（龍の水）

荒栲の薄葬なれば庶民死し地に埋めしのみ死する直ちに　同

苦蓬酒《アブサント》に焦げしまぼろし秋の地に柩かさなり上なるランボオ　『水銀傳説』塚本邦雄

少年二人の眠る場面もあり、それはそのまま「男子二體」のかりそめの「死」であり、同時に「葬」の幻が重なって来る。神父・修道士のたぐいも、中世では治外法権圏の寺院や教会では、男子二体ひとつ棺も有り得たかも知れない。七十歳の老司祭と十七の聖歌隊のカウンター・テノールも、有ったら有ったで楽しかろう。古記録に二人の年齢が記してあったかどうかは不明である。「傷めり」は意味深い結句と言えよう。

憂愁ただならざるを戀はむかな古書《ふるふみ》に「むかし男ありけり」

『鷹の井戸』「山ありて水」（さすらひびと）

現代には絶えてないたぐいの「憂愁」である。「戀はむかな」、恋うたとて何になろう。何にもならぬその、無益の儚さこそ憂愁と思えば、恋わんかなの輪唱《カノン》の声の輪は、波紋のように薄れつつ、拡がりつつ遠離る。「憂愁」、この初句四音の何という軽やかな重さ。真珠色のうるみを帯びつつ、むしろ晴天を映す悲しみのたぐいである。

＊　むかし、男ありけり。平城《なら》の京《きやう》は離れ、この京は人の家まだ定らざりける時に、西の京に女ありけり。その女、世人にまされりけり。

＊　むかし、男ありけり。東《ひんがし》の五条わたりにいと忍びていきけり。密なる所なれば、門よりもえ入らで、童べの踏みあけたる築地《ついひぢ》のくづれより通ひけり。

＊　むかし、男ありけり。女のえ得《う》まじかりけるを、年を経てよばひわたりけるを、からうじて盗み出でて、いと暗きに来けり。

＊　むかし、男ありけり。京や住み憂かりけん、あづまの方に行きて住み所求むとて、
友とする人一人二人して行きけり。

容色、人にすぐれた女の許に通った「むかし、男」は、雨夜に「起きもせず寝もせで夜を明かしては春のものとてながめ暮しつ」と歌を贈った。東の五条に忍んで行った「むかし、男」は、「月やあらぬ春や昔の春ならぬ」と歎く。女を盗んだ「むかし、男」は、芥川の堤で、夜明、草葉の露を「白玉か何ぞ」と尋ねられ、足摺りして泣いた。京を住み憂しと思い、東下りする「むかし、男」は、八橋で「杜若《かきつばた》」の折句をものして、あたりの人人は餉《かれい》がほとびるほど貰い泣きした。まことに「憂愁ただならざる」物語ばかり。昔の人はおめず憚らず、男とても、憂愁、悲哀の発露をほしいままにした。

熟瓜割くごとく背《うしろ》より、といへる比喩古書《ふるふみ》にあり　おもはざらめや

『朱靈』「天使」（賢者《マギ》のめざめ）

いにしへに影媛ありき物部の麁鹿火大連《あらかひのおおむらじ》のむすめ

『鷹の井戸』「山ありて水」（薄暮青天）

清少納言のむかしと言へど月夜に　空車《むなぐるま》のありてきたれる

（むなぐるま）

単なる古代恋慕などではない。古典への郷愁でもない。人の魂から、次第に欠落し、稀薄になって行く、命の翳を、「憂愁」と言いなして、ここに、折に触れて書き止めておこうとする、悲願の一例であり、断片であった。恋わんかな、恋わんかなと。

枇杷は人の病呻吟《びやうしんぎん》に育つとふおそろしき説なしとせなくに

『鷹の井戸』「山ありて水」（游塵）

逆にまた枇杷はその材、木刀として最良、逸品は真剣に等しい威力を発すると言い、またその葉は健胃剤等に民間薬として愛用された。殊に「枇杷葉湯」は著名で、枇杷葉・肉桂・甘草・甘茶・莪蒁《がしゅつ》等を細切《こまぎれ》にして混合、煎汁は口渇を止め、暑気を払い、霍乱や痢病等に卓効あり、冷やして清涼飲料水として名高かった。なかんずく「京都烏丸《からすま》本家枇杷葉湯、烏丸本家枇杷薬湯な、毎年四月上旬より八月下旬まで、煎湯にいたしたいら一面にお振舞いたします」などと、江戸の馬喰町三丁目、山口屋又三郎の店から、触れ歩いた。但し「誰にでも振舞う」が、転じて多情荒淫の男女の綽名にまでなった。

植ゑし記憶あらざる枇杷の大樹にてわれに影するこのゆふつかた　（游塵）

幾重にも包みたる種子白き枇杷貴種なりとして人は送り來　同

杭州産白枇杷の種子まろびたり白坊主枇杷ここに生えなん　同

白子《しろこ》枇杷生毛しろしろとつぶら實のわがてのひらに乗らまくは憂し　同

六世紀前半の支那の文献「廣志」には、五世紀に既に果樹として栽培された記録が見えるし、当時、果肉の白と黄が存在したと伝える。いずれにしても、勿論、広く賞味されるような代物ではなかった。日本にも埼玉県を北限とする、主として石灰岩地に野生種が点在する。大分市や山口県秋吉台には「天然記念物」の大樹も見られる。

若い樹は天に向って垂直に伸びて行くが、次第次第に半円形の樹冠を拡げて茂る。すなわち「われに影するこのゆふつかた」の大樹も、多分そのような茂り方であって、作者をすっぽりと包んでいたことと思われる。その葉脈のあらわな潤葉は、風に逢えば賑やかに響き、雨にも鳴り、庭に豊かな景色を齎《もたら》す。但し、「病呻吟に育つ」は、枇杷は「陰」の樹とする陰陽五行説の「家相」から、次第に派生した伝説的な属性であろう。

元来、この樹は「植ゑし記憶あらざる」も道理、独《ひと》り生《は》え以外は避けよとの説もある。家相上も、家屋の東には桃・柳、西には梔子《くちなし》、南には梅、北に杏・李を植えた時、始めて四神相応の吉相になるとされている。だが「枇杷家」なる美しい家名は、何よりもこの、黄金の果実を生む樹木に名誉を与えた。藤原時平の子敦忠の「枇杷」、弟の仲平「枇杷大臣」、醍醐天皇皇子代明親王の子延光の「枇杷大納言」は、その名を今に遺している。

微笑せる猫の如きはゐたりけり星ある空の曇りゐにけり

『鷹の井戸』「山ありて水」（熾天使）

数学者チャールズ・ラトウィッジ・ドッジソンは、ルイス・キャロル名で発表した傑作童話「不思議の国のアリス」の中に、自分の生地、英国のチェシア州にちなんで、個性横溢の奇猫「チェシア猫」を登場させている。何しろ、アリスが女王に「あれは私の友人、チェシア猫でございます」と前置して、慇懃に紹介しても、横から王がその猫の顔つきが不愉快ゆえだから、さがりおろうと苦り切るくらいだから、微笑などする気遣いはない。だが、王が「望むなら手に接吻してもよし」と宣うても、願い下げにすると返事するくらい、きりっとした「人格」を持っている点、夏目漱石の皮肉なインテリジェンスを完備する猫、あるいはアマデウス・ホフマンの人生を考える牝猫のムル等と並べて、いささかも遜色はあるまい。化けて出るだけの近世の猫など、猫族の面汚し。

耳裂きてかへりし猫のよこたはる雪のごとくに苦しまず死ね

『原牛』（黄道）

くひちがひて噛みし犬齒をおそれたりわが飼猫を埋わむとして　同

近づきし猫漠々と白かりき目鼻いづれとみえがたきまで　『朱靈』「火山《くわざん》」（灰かぐら）

白猫《はくべう》と信ぜし猫のひたひにて灰かぐらほどの混り毛ありき　同

ふと猫はみえずなりたり白き猫いづこにか消え　大き鈴殘る　同

猫を繫ぎ飼ひたるひと日黒猫の細く曳きたるくさりひかれり　『鷹の井戸』「憂犬」（飛來）

うちつれて吻黒き猫ひるがへり空の青みのなかにぞ入りぬ　「をがたま」56年春

あまたの猫が現れる。歌集、歌集のとある空間に、突如跳梁する。だがこの曇天の星を背景に微笑する猫ほど、優雅で同時に不吉な猫は他に見ない。猫は、相争っている時さえも、微笑もしくは苦笑しているように見える。犬には絶対に見ぬ表情であった。その微笑ならぬ苦笑ならぬ、渋面ならぬ仏頂面ならぬ、曖昧な表情が、猫嫌いの人人を不愉快にするのだ。しかも拗音ばかりで成立した、毀れたヴァイオリンさながらの声、嬰児の号泣そっくりの交尾期の声は、言語に絶する。私はこの時、世界中の猫が殺したくなる。

今一度よく眺めよう。「猫の如きはゐたりけり」、どこにも、ただの一度も、猫がいたとなど言明してはいない。読者がそう錯覚するだけのことだ。あるいは、これは猫よりも猫に似たある種の女性の、もしくは男性の直喩かも知れない。

障子戸を染めし楓《かへるで》さにづらふわが紅葉賀《もみぢのが》きはまらむとす

「短歌」55年1月「瑠璃」

言い得たり「わが紅葉賀《もみぢのが》」。何と豪華な広義の本歌取りであろうか。楓の紅葉に映える障子。布障子か紙障子か、杉障子か槙の戸か。板仕立のものはすべて「戸障子」と呼ぶ。「障子戸」は必ずしも板仕立に拘ることもあるまい。布や紙の、それも白、黄蘗色《きはだいろ》、香色その他いずれ淡色の、その風合《ふうあい》に応じて、紅葉の間接映発は、仄かであればあるほど艶《えん》であり、しかも心にも映り合うだろう。傍に立つ人の面も衣裳も、同時に、薄茜に染まる。ああ、「紅葉明り」、このあえかな言葉を持ち得たことを、大和言葉に感謝したい。紅葉の「紅」にしたところで、黄に近い橙色から黒に近い凝血色まで千差万別、近近と見る人はその複雑微妙なヴァルールに息を呑むことであろう。

木だかき紅葉の影に四十人の垣代《かいしろ》、いひ知らず吹き立てたるもの丶音どもにあひたる松風、まことの深山おろしと聞えて吹きまよひ、色々に散りかふ木の葉の中より、青海波《せいがいは》の輝き出でたる様いとおそろしきまでに見ゆ。かざしの紅葉いたう散り透きて、顔のにほひにけおされたる心ちすれば、御前なる菊を折りて左大将さしかへ給ふ。
日暮れかゝる程に気色ばかりうちしぐれて、空の気色さへ見しりがほなるに、さるはいみじき姿に菊の色々うつろひ、えならぬをかざして今日はまたなく手を尽したる入綾の程、そぞろ寒くこの世のことども思《おぼ》えず。

「源氏物語・紅葉賀」

この秋源氏は十八歳、行幸前の試楽に青海波を舞ったが、勿論群を抜いてみずみずしく華やかであった。行幸の当日も、源氏の青海波と承香殿腹の四の御子の秋風楽が殊に人々の目をあつめた。源氏の近づいて行く紫上は十歳、遠離って行く葵上は二十二歳である。ただ十四音の下句、「わが紅葉《もみぢの》賀《が》きはまらむとす」に、源氏物語の、この秋の栄華の照り返しが、満ち溢れているのを感じる。器量というものであろう。これだけの歌の「格」を現代女流の、否現代歌人の誰が、他に持ち得るだろう。

それにまた「さにつらふ」の万葉調が、破格の効果を見せている。「左丹頬経《さにつらふ》」の表記が、歌の背後に明滅するような、えも言えぬ美しさは、「楓」から「紅葉賀」への橋がかりとしても絶好の形容詞であった。「きはまらむとす」、満を持して、まこと、これから人生の、霜月の紅葉の賀宴を主催しようと立上る女主人ではある。

怪蝶青光り赤光り翔ぶ　臺北市中山北路の蝶店

「をがたま」56年夏「蟬」

かつても今も台湾は蝶の宝庫であった。その名を挙げるだけでも、めくるめくような感のある数数の珍種・稀種。ああ、台湾青翅挵蝶《あおばせせり》・台湾赤灰蝶《あかしじみ》・台湾赤挵蝶《あかせせり》・台湾浅黄斑蝶《あさぎまだら》・台湾一文字《いちもんじ》小灰蝶《しじみ》・台湾裏銀《うらぎん》小灰蝶《しじみ》、蝶は歌の文字と調べの間を、鱗粉を撒き散らしつつ飛び交う。他のいかなる地名よりも、「台湾」なる接頭語の冠された時、蝶は一瞬に妖異の色を帯び、その飛翔する次元をこの世ならぬものに変える。

　重たいおほきな翅をばたばたして
ああ　なんといふ弱々しい心臓の所有者だ。
花瓦斯のやうな明るい月夜に
白くながれゆく生物の群をみよ。
そのしづかな方角をみよ

　この生物のもつひとつのせつなる情緒をみよ
　あかるい花瓦斯のやうな月夜に
　ああ　なんといふ悲しげな　いぢらしい蝶類の騒擾だ。

萩原朔太郎『月夜』

台湾裏波蛇目《うらなみじゃのめ》蝶・台湾大茶翅挵蝶《おおちゃばねせせり》・台湾烏揚羽《からすあげは》・台湾黄蝶《きちょう》・台湾擬黒日陰《くろひかげもどき》蝶・台湾碁石《ごいし》小灰蝶《しじみ》・台湾胡麻斑蝶《ごままだら》・台湾小紫蝶《こむらさき》・台湾小山黄蝶《こやまきちょう》・台湾麝香揚羽《じゃこうあげは》・台湾瑇瑁《たいわんたいまい》・台湾大名《だいみょう》挵蝶《せせり》・台湾茶翅挵蝶《ちゃばねせせり》・台湾花挵蝶《はなせせり》・台湾一筋蝶《ひとすじ》・台湾姫白蝶《ひめしろちょう》・台湾二尾蝶《ふたおちょう》・台湾深山白蝶《みやましろちょう》・台湾紋黄揚羽《もんきあげは》・台湾紋白蝶《もんしろちょう》・台湾山黄蝶《やまきちょう》・台湾瑠璃小灰蝶《るりしじみ》＊＊＊＊。

　蝶々は圓と星形を區別する盲目の姫のやうにさぐりて
　飛ぶことの絶えてあらざる破れ蝶われの眸に着くはひさしく

『原牛』「刧（Kalpa）」（晶）

『鷹の井戸』「山ありて水」（龍の水）

台北市中山北路の「蝶店」の陳列台・飾窓・戸棚の展翅板に、果してこれだけの標本が揃っていたかどうか。台湾瑠璃小灰蝶 Lycaenopsis puspa myla Fruhstorfer、鱗翅目小灰蝶《しじみちょう》科、翅開帳時約八十八粍《ミリメートル》、雄の翅表は鮮麗無比の藍青に輝き、前縁と外縁は黒色。その美しさは一度見たら忘れられない。台湾瑇瑁 Papilis cloanthus kuge Fruhstorfer もまた、妖美な薄青緑色半透明の横帯をもち、蝶店の薄明りの中ででも見たら、魂を奪われることだろう。「怪蝶」というやや騒がしい創作熟語が、かえって迫真性を持つ。

自轉車に乗りたる少年坂下る胸に水ある金森光太

「をがたま」56年夏「蟬」

胸膜腔内に溜まる液は無色透明とか聞き及ぶ。だが、その悲しい胸の持主が金森光太と言えば、漿液も一瞬蛋白石《オパール》色の、仄かな虹を湛えて、肋骨の檻の中にひたひたと漣を寄せているような気がする。胸膜炎だったとか。まさか胸腔腫瘍などではあるまい。あってたまるものか。金森光太、眉二つが一直線に見えるように茂り、眼は涼しい。休学中で少しばかり贅肉がつき、きっと結んだ唇の下の、顎が微かな襞を作っている。

金森光太十三歳、柔道はこの次の試験で初段確実と言われていたのに、とある日の練習試合に左胸部を強く打ち、肋骨が三本折れ、中の一本が肋膜に刺さった。その時も彼は蒼白の額に脂汗をにじませながら、歩いて杉島医院へ行った。晩餐中の校医杉島博士は、その我慢強さに呆れつつ、厳しく戒めた。蛮勇は卑怯未練と同じく、若者の恥辱と思えと。光太はその日から二箇月入院加療した。快復は速やかだったが、途中でひどいインフルエンザに罹り、ために胸膜炎を慝起《とくき》した。「胸に水ある金森光太」、一見健康体に見える。見えるが全治していない。博士は通院による治療は認めているが、復学はまだ許していない。光太は、過剰なエネルギーを持て剰して、時折狂暴になることもある。

寝臺の端に掛けゐる少年のギプスの脚に月の差しそむ　『鷹の井戸』「憂犬」（苦熱）

ほつそりとしたるみどり葉はじめてのみどりを胸にあてし若者　（憂犬）

病める少年や憂愁の若者の歌は数多歌集中にも出没する。だが、作者の与えた美しい姓命を未だ一度も聞いたことはなかった。勿論、「金森光太」は実在の場合も多多あり得よう。創作臭からず、しかも平凡過ぎず、即かず離れず、本人の風貌性癖まで躍如たる、このような固有名詞に邂逅した葛原妙子は、その意味でも天才であった。

自転車であってバイクやオートバイでないところが良い。自転車は詩歌に微かな野趣とほんのわずかな郷愁を蘇らせてくれる嬉しい乗物であった。「坂下る」であって、坂を登らないところも、一抹の負《ふ》の翳をひそませていて、一首に適度の潤みを添えた。決して必要以上の陰翳は加えていない。いたところで、「金森光太」が見事救済してくれる。その調べの中に「たる・下る・ある」と「る」が脚韻風に隠顕して、滑らかに歌わせてくれるあたりも心にくい。光太よ、早く癒えよ。早く坂を登れ。

青白色《セルリーアン》　青白色《セルリーアン》　とぞ朝顔は　をとめごのごと空に
のぼりぬ

「をがたま」56年夏「蟬」

セルリアン・ブルーの朝顔とは、多分普通の朝顔とは別品種で他とは交配のむつかしい「空色朝顔＝Pharbitis tricolor Chittenden var. Splendiduscoerulea Hort.」のことであろう。かつてアメリカ朝顔の「ヘヴンリー・ブルー」と呼ばれていた花がこれであった。朝顔には日本にも「高千穂」の銘を持つ深紅があり、もし、鮮黄種が発見されたら、三原色揃うことになるが、現在では夢に過ぎない。また、この旋花《ひるがお》科の植物で、香気のあるのは「夜顔＝Calonyction aculeateatum House」のみで、すべての朝顔、それに昼顔・縷《る》紅草《こうそう》・菟絲子《ねなしかずら》・甘藷等の花には何の匂いもない。黄色の馨《かお》る朝顔こそ、朝顔マニアの夢であろう。椿の黄色芳香種は雲南から舶来したが、青椿はまだこの世に無い。

　空色朝顔を露台ででも培っていれば、細長い支柱を矢来牆《しょう》にでも添うて屋根に伸ばすなら、花は次次と青天に紛れるように咲き昇ろう。傷つき易く軟く、清らかな花弁の円とゆるやかな襞は、まことに未通女《おとめ》を思わせる。蕾が幼児のペニスを連想させるのは、多くの人のほほえみつつ指摘するところだが、花開いた途端に、この花は女に化する。

宿無しあさがほ白のあさがほひらきたりふはふはと玻璃の窓をうづめて
『鷹の井戸』「阿媽のごとくに」（水衣）

みゆるごとしみえざるごとし床《ゆか》を這ふあさがほの手の千の収奪　同

内に巻く白あさがほのすたればなすたれし花に兆すくれなゐ　同

ふはふはと冬朝顔のひらきたる玻璃の薄鉢ありといふかも
「憂犬」（はぐれたりな）

作者は朝顔のよりどなくはかなくたのめなく、そのくせ、何か一種の楽天性を秘めて、おっとりと咲き開く様を愛しているのだ。小賢しく香気など持たぬ方が、この花らしくて面白かろう。それでいて、この蔓性植物の触手の貪婪な生命力をも見据えている。すなわち「あさがほの手の千の収奪」なる凄じい十四音など、ほとんど爬虫類の蠢くのを見るようである。白朝顔の花心の赤とは、たとえば名古屋の「雪中の松」などに顕著に見るし、「冬朝顔」とは、元来熱帯植物で盛夏にしか育つことのない朝顔を、耐寒性の品種に改良し、晩秋・初冬にまで咲くようにしたものであろう。この硝子鉢にひらく冬朝顔こそ、まさに「をとめごのごと空にのぼり」つく、聖ファルビティスの典型ではあるまいか。その種子「牽牛子《けんごし》」はファルビチンと呼ぶ毒素あり、峻下剤となることも参考になろうか。

千七百六十四年四月一日名馬日蝕《イクリプス》英吉利に生《あ》る

「をがたま」56年秋「スパルタの蘆」

栗毛「日蝕《イクリプス》」はジョージ二世の三男カンバーランド公爵が設立経営のウィンザーの牧場で生れた。日蝕の日の生誕を記念しての命名と、一般には信ぜられていた。ところが穿鑿好きの一考証家が調査したところ、その年月日にイギリス本土で日蝕が観測された記録は残っていない。真相は命名者のカンバーランド公爵に質《ただ》す他はないのだが、御当人はエクリプス三歳の時他界してしまった。この馬は持主の死後糶市《せりいち》で肉屋のワイルドマンの手に落ち、彼の友人オーケリ中佐の調教を受けた。最初に競馬に出た時が六歳だ。

「右うしろの脚もとの白い栗毛が、とても恐《こわ》い顔つきで駈け抜けました。相手馬との差は拡がるばかり、あんな馬に追いつこうと思ったら、地の果てまで走り続けても……」とは目撃者の一老婆の言と伝えられるが、これは名馬の噂をロンドン中に流布するためのオーケリ中佐の策で、彼女は蕈採りにやって来たところを、彼に買収されて、喋り歩いていたと言う説もある。

その初出走五月三日の記録は、四哩《マイル》のヒート競争で第一回楽勝、第二回も二百米以上の差でゴールイン、「イクリプス一着、他の馬は未だ見えず」がオーケリ中佐のその時の言葉であった。名馬イクリプスの骨格と呼ばれるものが、英国には現在五つ以上あり、その蹄と呼ばれるものも七つあると聞き及ぶ。

日蝕の水邊近く下《お》りたてる黒夜と呼べる去勢馬の群　「スパルタの蘆」

川水を渉りそめたる一、二頭わづかに足を冷やす黒馬　同

硝子板黒く塗りしを假面ともかざせる男日蝕を見る　同

カンバーランド公爵はオーストリアの王位継承戦争と七年戦争に、英国が参戦した際、軍の最高司令官であった。その頃英国国内で勃《おこ》った現王への反乱弾圧に際しての、徹底した冷酷さによって、「屠殺者カンバーランド」の名さえ奉られた。彼が後後競走馬育成に専念した時、イクリプスと並び称された逸材に「ヘロド」がいる。「日蝕」とあの紀元前一世紀のユダヤの戦慄的な大王名、天文学上の日蝕ならず、その命名は、燈火などの光の「全暗《イクリプス》」、あるいは抽象的な「栄光喪失《イクリプス》」を意味するのではあるまいか。四月一日日蝕説は生物識《なまものしり》の好事家《こうずか》の捏造《ねつぞう》した因縁話であろう。それにしても、鋭い言語感覚だ。詩歌などの美学的な配慮がいささかもないゆえに、なおさらこの「日蝕」は輝く。

花帽子冠りし老畫家アンソールはの暗き日蝕の街をよぎりぬ

「をがたま」56年秋「スパルタの蘆」

アンソールは一八八八年、二十八歳の年、「花飾りの帽子をかぶったアンソール」を完成している。匂紫羅欄花《においあらせいとう》・三色菫・雛菊・飛燕草等と思《おぼ》しい、青紫・黄・橙紅・白・朱とりどりの花と、空色の細いリボン、おまけに極楽鳥の飾羽根をつけた白いボンネットを冠り、顔は半ば左に向けながら、眼は正面を向けた自画像である。繊細で華奢な容貌は口髭・顎鬚でやや雄雄しさを装っているが、この髭・鬚を剃り除いてしまうなら、そのまま青衿黒衣の妙齢の、かなり美しい令嬢と見紛う。奇怪な絵であると同時に、アンソールの性格・体質から、その運命までが暗示されているような、貴重な作品である。

とある美術評論家はこの絵にふれて、ルーベンスの自画像のパロディーであり、それよりも遥かに異様な熱を帯びたものであることを指摘して後、更に核心に触れようとして、この帽子のにぎやかな色彩は、アンソールが、暗い時代を抜け出して『光』のアイロニーの時代へ移っていくことを示している、と語る。果してそうであろうか。私には、この満艦飾に近い帽子こそ、彼の女装癖乃至女性への転身願望の、かなり露骨な表れであって、生涯娶らなかった、孤独な画家の狂気が、この画面の裏側で爆発したとしか思えない。作者は、九十歳近くまで生きたアンソールが、今一度、その老醜無残の頭部に花冠を頂いた様を、幻の中で、はっきりと目撃したのであろう。怖るべき洞察力ではある。

ふかしぎの羽飾など生えてゐる帽子を吾のかぶりをらざりしや

『鷹の井戸』「山ありて水」（薄暮青天）

アンソールの繪としてありぬストーヴに暖をとりゐる骸骨二・三人

「をがたま」56年秋「スパルタの蘆」

ベルギー海水浴場オステンドの土産物屋の息子なりし畫家は

同

一八八九年、あの花飾りの帽子の翌年、アンソールは「体を温めようとする骸骨たち」を描いた。他にも、同年の「骸骨にされた私の肖像」、二年後の「吊された男の死体を奪いあう骸骨」等、彼の作品には髑髏《どくろ》が跳梁《ちょうりょう》する。それに今一つは、奇怪な仮面をつけた人物が、一人から数知れぬ群衆に到るまで、二十代初期若描きの「眉を顰めるような仮面」以後、くどいほど反復出現する。二首の作品の、取りつく島もないような無愛想な文体は慄然たるものがある。彼の父は英国人、母はフランドル人、家業は一説には魚屋だったと伝える。彼は仮面が支配し髑髏が活躍する孤独地獄に自己幽閉を敢えて試みた天才だ。

ゆふぐれの手もてしたためし封筒に彦根屏風の切手を貼りぬ

「をがたま」57年冬「彦根屏風」

金地濃彩の風俗図「彦根屏風」六曲の右二扇《にせん》分が、二枚各五十円一対の切手になって、一九七六年に発売された。前年にも同趣向の「松浦屏風」切手が売り出された。彦根屏風は伝岩佐又兵衛作、寛永年間の絵とされている。切手になった二扇は戸外の人物四名、左の四扇分には、十一人の老若男女遊楽の様が描かれた。左十一人と右四人の境目には、何の仕切もなく、ただ金箔地の連りが一面に続くが、空間の絶間を感じさせる程度の無地を置いて、戸外四人の立話風景を活写する、面白い構図である。

朱の鎖に小犬を繋いで曳く立兵庫の女・細身黒漆鞘の太刀を杖に、身体を曲げて憩う若侍。捌《さば》き髪の中年増《ちゅうどしま》は、童女を率いてこの青年と談笑中。犬を連れた女は縹地《はなだじ》に雪輪の紅と白が、纐纈《こうけつ》で浮出す小袖を纏《まと》い、男は黒の羽織の下に桔梗白抜の柿色の単衣、捌き髪の女は空色地に芭蕉文を淡黄で描いた帷子《かたびら》。連れの童女は燕脂地《えんじじ》に鉄色の紗綾形稲妻文《さやがたいなづまもん》を大胆に散らした衣裳で嵯峨菊の二、三茎を提げている。この豪奢《ごうしゃ》な切手、作者はいずこへ向けての雁信に貼ったのだろう。「ゆふぐれの手」とはまことに美しい措辞だ。

天女飛天刷りたる中國の切手一枚を購《あがな》ひ疾風《はやて》の街あり　『薔薇窓』（母系）

金屏はおそろしくこそ　立ちをりて闇の中にも光るをりふし　『葡萄木立』「青き木に」（風）

かはせみを捺したる切手日本の工人如何なる人の捺せるや　『鷹の井戸』「山ありて水」（薄暮青天）

彦根屏風、方寸黄金の切手にて禿《かぶろ》のゐたり遊び女《め》ゐたり　「をがたま」57年冬「彦根屏風」

私も「趣味切手」には目が無く、松浦屏風切手・彦根屏風切手はそれぞれ五十シートばかり買い求め、封書賀状等にも惜しげもなく貼って出した。ちなみに、私は封書には、原則として記念切手以外は貼らない。美しい切手は従って手紙を書く相手をも選び、手紙の内容すら限定することがある。その不如意な楽しみは「ゆふぐれの手」が感知する。

切手の歌といえば「水無月《みなづき》の崎のみなとの午前九時赤き切手を買ふよ旅人」なる佳品が若山牧水の『死か藝術か』にあり、近代短歌中の羇旅歌《きりょか》の白眉《はくび》と言ってもよい。

歌もまた、目に見えぬ何ものかへの、無償の音信であろう。とある一通には「天女飛天」の切手を貼り、また別の一通には翡翠の色鮮やかな一枚を貼り、悲願を、心ある人に、心なき神に奉ろう。それが歌人《うたびと》の宿命であり、同時に栄誉でもある。

文中引用章句翻訳者名追記

㉝『大伽藍』J・K・ユイスマンス　出口裕弘訳

㉟『緋色の研究』コナン・ドイル　阿部知二訳

遺珠百五十撰

天球儀戀ひてねむりしゆめならめ透明の玉かさなりめぐりぬ　『橙黄』「霧の花」（霧の花）

枯草のあひにかたまる山すみれ紫光をはなち空暗くなる　『橙黄』「霧の花」（乾く）

フラスコの透明に似し秋日《しうじつ》のわれの歩みに從《つ》きてくる山　『橙黄』「霧の花」（凛々《りり》）

みのり待つものの花咲く五月よと濃きたそがれは畏れに似たり　『橙黄』「橙黄」（圓光）

イヴといふをとめのありしことすらや記憶にうすれゆくこのごろか　『橙黄』「橙黄」（薔薇のうを）

ちりぢりに入りたまひたる墓みえず父あらはれず母あらはれず　『橙黄』「橙黄」（幻出でず）

散りはてしのちのしばらく總身《しん》にさくらの花の影うつりゐる　『縄文』（一枚貝）

醫家の庭掘りゐるときのシャベル音異形《いぎやう》のものに突きあたりたり　『縄文』（日常）

疾風の夜に思へりポーランド人ショパンの髪の毛は金髪なりしや　『縄文』（靴音）

牡丹色の肉を焙りて亡き父を追憶し昊るる會の終りぬ　『縄文』（靴音）

冬となる半球に飛ぶ飛行者よひらめける冬の手紙を與へよ　『縄文』（滑走）

緋柘榴は消毒藥の匂ひしてをさなごはつね痢《り》を病みてゐき　『縄文』（飢渇）

赤き辭書轉《ころが》りをりぬ凩の去りたるごとき部屋の央《まなか》に　『飛行』（背後）

深夜の井戸水湛へくる暗きゆらぎくれなゐの鳥の風切羽《きりは》巻きつつ　『飛行』（背後）

戀の工《たくみ》吹きしならむかボヘミヤの玻璃は滴《しづく》のごとくひかれる　『飛行』（椀）

まなぶたに蠍《さそり》の如き傷置かばきらきらと更に倨傲なるべし　『飛行』（化粧）

蟬の羽のごときものを着てあればさらはるるいまかとかたく目を閉づ　『飛行』（水の睡り）

白き封書投ずるそのきは瞑目をならひとなせり薄ら陽のひかりよ　『飛行』（野の禱り）

忽然の死《しに》よ到らむ樹間ゆくわが黄の服の華やぐなれば　『飛行』（寂眼）

啄木鳥の木つつきし洞《ほら》の暗くなりこの世にし遂にわれは不在なり　『飛行』（ひぐらし）

明るみを忌むかほなれば向日葵の殘れる花冠の陰に座すべし　『飛行』（石鳥）

あかつきの微明いたるとかたはらに積みたる暗き書《ふみ》は匂はむ　『飛行』（飛行《ひぎやう》）

滴《しづく》のごとくわれにかへりくる時間あり薄氷《うすらひ》めきし樂を聞かむか　『飛行』（時間）

雨衣透きて葡萄の種子めく處女《をとめ》たちもてる生理をかなしみおもふ　『飛行』（短き草）

ゆだやびと花の模樣をもたざりきその裔にして生《あ》れしきりすと　『薔薇窓』（燒却）

芥子群《むら》は花首曲りて戰ぎたり惡魔は瘦せをりとおもへる時に　『薔薇窓』（燒却）

わが足裏《あうら》はつかに冒せる月ありきにはかなるかもしづけき死《しに》は　『薔薇窓』（半身）

貝殼のひかりとなりし月の尾根われの死後にも若者は生きよ　『薔薇窓』（半身）

削ぎおとす毛髪は石の床《ゆか》に落つめぐりはだらとなりし白晝　『薔薇窓』（詩人《うたびと》よ）

人々の罪淺からず佛壇のうちら黄金《わうごん》に燦きし家　『薔薇窓』（蔓刈り）

天女飛天刷りたる中國の切手一枚を購《あかな》ひ疾風《はやて》の街あり　『薔薇窓』（母系）

盛んなる夫《をつと》の君よ弔客にかしらを深く下げたまひたれ　『薔薇窓』（女棺）

砕氷のさやげるコップ耳に當てつかのまの鋭きいのち私語せん　『薔薇窓』（雷）

わが片手空《あ》きをり　堅き寢臺にて臨終《いまは》といへど空きて垂りゐむ　『薔薇窓』（薔薇窓）

尖塔雲刺す寺院に薔薇窓の高く盲ひし刻《とき》を痛みつ　『薔薇窓』（薔薇窓）

淡黄のめうがの花をひぐれ摘むねがはくは神の指にありたき　『薔薇窓』（神の指）

うたびとは蹌踉たりし　さうらうとしづけきをゆるせしぞ　むかし　『原牛』「ひなげし充つる」（薔薇と赤子）

薔薇と襤褸《らんる》と赤子はひとつものならめ涸れたる風の林を過ぎゐる　『原牛』「ひなげし充つる」（薔薇と赤子）

止血鉗子光れる棚の硝子戸にあぢさゐの花の薄き輪郭　『原牛』「ひなげし充つる」（球）

胡桃ほどの脳髄をともしまひるわが白猫に瞑想ありき　『原牛』「ひなげし充つる」（球）

鹽田に鹽しづみゐるまひるま結晶の犇たるかなしみに逢ふ　『原牛』「原牛」（シルエット）

とらへがたく微けきひかり千鳥ゐて冷砂のあひに抱卵のさま　『原牛』「原牛」（原牛）

十字架を組みたる材はなにならむ荒れたる丘の樫のたぐひか　『原牛』「原牛」（風媒）

疊にいちめんの月流れたり人あらばさびしさの犧《にへ》となさむか　『原牛』「原牛」（とんぼ玉）

貝の汁に砂のこりしをこん日の憂鬱とせり雪ふれりけり　『原牛』「原牛」（日記）

ロンドンの冬の果實はなになるかききそびれ手紙の封をなしたり
『原牛』「原牛」（日記）

黄衣にてわれもゆきたり巨いなる硫黄となりし銀杏樹《じゅ》の下
『原牛』「灰姫」（黄衣）

齒のごとき鍵盤ありき冬となるピアノの蓋のひらかれしかば
『原牛』「灰姫」（指痛む）

不眠の天使さまよひゐるべし小さなる黒き菫の束あるあたり
『原牛』「灰姫」（菫と試藥）

老いたる爬蟲のごとき大學に學生のあらざりし雪降りてゐる
『原牛』「灰姫」（菫と試藥）

角膜溷濁ふともおもひし星ぞらのかすかなるもとおほきみづうみ
『原牛』「劫（Kalpa）」（劫）

築城はあなさびし　もえ上る焰のかたちをえらびぬ
『原牛』「劫（Kalpa）」（劫）

赤色《カーマイン》に油滴したたりをへたれば美しき赤道を描かんと思ふ
『原牛』「劫（Kalpa）」（晶）

國籍不明の船ならねども「チィチャレンカ」怪《け》しき名の船の船艙を思ふ
『原牛』「劫（Kalpa）」（逆流）

噴水は疾風にたふれ噴きゐたり　凛々《りり》たりきらめける冬の浪費よ
『原牛』「劫（Kalpa）」（風衝）

緋の革の手提をさげて立つものよ遠き世にしてわれの生みしか
『原牛』「黄道」（黄道）

蠟人のうたとほざかりわれはいま不幸を享くる力を喪ふ
『原牛』「黄道」（黄道）

わがもてる寶石ひとつ風絶えし夜の暗黑の中に瞋《いか》りをり
『原牛』「黄道」（黄道）

美しき雲散らばりしゆふつかた帝王のごと機關車ゆけり
『葡萄木立』「葡萄木立」（雲ある夕）

口中に一粒の葡萄を潰したりすなはちわが目ふと暗きかも
『葡萄木立』「葡萄木立」（葡萄倉）

黑き葡萄の玉潰すべく盛るところ秋の日ありて刑餘の心
『葡萄木立』「葡萄木立」（葡萄倉）

鷄血石《けいけつせき》の印形ひとつ亡き父のわれに與へし部屋に月差す
『葡萄木立』「葡萄木立」（爪）

鋸屑《おがくづ》をとり除きたる氷のおもてより死に入りゆく徑のありや
『葡萄木立』「啄木鳥」（啄木鳥）

明るき晝のしじまにたれもゐず　ふとしも玻璃の壺流涕す
『葡萄木立』「啄木鳥」（標《しるべ》）

怖しき母子相姦のまぼろしはきりすとを抱く悲傷《ピエタ》の手より
『葡萄木立』「片手」（片手）

苦き蓬は草生に充つるを　かほ掩ふばかりうつくしき記憶
『葡萄木立』「片手」（草の上の星）

夕雲に燃え移りたるわがマッチすなはち遠き街炎上す
『葡萄木立』「片手」（秋の人）

暗きに身をひそめをり夜半いまかの銀嶺に哄笑起らば
『葡萄木立』「片手」（織子）

胎兒は勾玉なせる形して風吹く秋の日發眼せり
『葡萄木立』「穀倉」（指す）

非形象畫家「人質」と題したり　あなぶきみなる肉塊とみゆ
『葡萄木立』「青き木に」（市街）

をさなごの指を洩れゐるものあまた　花絡《はなづな》のごときもの　星のごときもの
『葡萄木立』「青き木に」（市街）

魚座といふさびしき星座はいづこなる　人間よいちどは訪《おとな》ひてみよ
『葡萄木立』「青き木に」（密雲よ）

この子供に繪を描くを禁ぜよ大き紙にただふかしぎの星を描くゆゑ
『朱靈』「西冷」（瞬く）

一匹の蛾を塗りこめし痕《あと》とも油彩のひとところ毳《けば》だちてをり
『朱靈』「魚」（紙靈）

藏ひ忘れし切手の赤　をりにして不發の花火なしておもほゆ
『朱靈』「魚」（切手）

硝子戸を閉《さ》すべくのぼりし二階よりあな美しき空地はみゆ
『朱靈』「魚」（切手）

遠景のものなりければ十月のわが小家族てのひらに載る
『朱靈』「魚」（不問）

なぜにかく男子《をのこ》ばかりが押し合へる　時計修理承りどころ
『朱靈』「魚」（薔薇菓子）

みたりともみざりしとも樂人フォン・カラヤンの黒き口中
『朱靈』「火山《くわざん》」（雪洞）

廢軌道きたれる電車の亡靈はありありと雪の辻を曲りぬ
『朱靈』「火山《くわざん》」（幻）

ゆふぐれにおもへる鶴のくちばしはあなかすかなる芹のにほひす
『朱靈』「天使」（北邊）

パヴァリヤの廢王ルウドウィヒ嵌りたる湖水の緯度にちかづくわれは
『朱靈』「天使」（北邊）

纖き纖き金《きん》のくさりに繋がれし姉妹わがためになにかを圖る
『朱靈』「熨斗」（姉妹）

火《くわ》の星の蠍《さそり》いでつつ口邊に杏仁の香の沁みし冷菜
『朱靈』「熨斗」（冷菜）

いかなる深き水より咲きにけむ人病む部屋に菖蒲をみたり
『朱靈』「熨斗」（天使No. Ⅲ）

白燈の下なる雁よ　皿の雁よ　天にはつかに光りし雁ながら
『朱靈』「夕べの聲」（雁の食）

フランクフルトの昆蟲市の寫眞にて美しき蠍《さそり》あまたを寫す
『朱靈』「夕べの聲」（良夜）

水の音つねにきこゆる小卓に恍惚として乾酪《チーズ》黴びたり
『朱靈』「地上・天空」（地上・天空）

黒死病の死屍をのせゆく喪の舟としてゴンドラは黒く塗られき
『朱靈』「地上・天空」（地上・天空）

風邪人《かぜびと》が筒形に編む白毛糸日ごとにふかき井戸のさまなす
『朱靈』「地上・天空」（紙鳶）

黄酒《ほわんちう》よりややうすき月のひかり差すラヴェルのピアノ「鏡の集」　『鷹の井戸』「阿媽のごとくに」（水衣）

鳥卵の眞中に見ゆる黄の冥府透かせる窓に熱雲白し　『鷹の井戸』「阿媽のごとくに」（水衣）

くちなはの透けるぬけがらさながらにほそき瞼も脱ぎてあらずや　『鷹の井戸』「阿媽のごとくに」（雲中天壇）

積雪遠屋根にひらめくことありて鶴などのわらふごとくあかるき　『鷹の井戸』「阿媽のごとくに」（阿媽のごとくに）

朱の盆を捧げきたれる幼子はおびただしき空蟬を載せたり　『鷹の井戸』「阿媽のごとくに」（風炎）

なめたけといふなるきのこ晝の餉《け》に傘あるものを食ひつつ怪し　『鷹の井戸』「阿媽のごとくに」（風炎）

庭前《ていぜん》桔梗あるのみひしひしと角《かど》あるききやうの蕾まじりて　『鷹の井戸』「阿媽のごとくに」（風炎）

ちひさなる茄子は紫紺を盗みをり十大弟子の袈裟の色より　『鷹の井戸』「阿媽のごとくに」（告ぐる風）

曇天に觸るる萩群ぴらぴらと天を掃くべく伸びあがりたり　『鷹の井戸』「阿媽のごとくに」（をがたまの花）

わがおもふ二階はつねにとほくして曇れるそらとすれすれにある　『鷹の井戸』「阿媽のごとくに」（耳）

北緯線いづれのあたり樅の木に蒼白の繭ひとつやぶれたり　『鷹の井戸』「阿媽のごとくに」（飛行）

めぐすりを差したるのちの瞑目に破船のしづくしたたりにけり　『鷹の井戸』「阿媽のごとくに」（あまのはらとふ）

あけぼのの鹿の調《しらべ》にあはせたる古詩《ふるうた》とこそみどり霏々たれ　『鷹の井戸』「憂犬」（うぃすたありあ）

十二歳の少年冷たき床《ゆか》に立ち半獸神《サチュロス》の假面を着けたり　『鷹の井戸』「憂犬」（假面）

まぼろしは小窓に見えて—耳垂れし首垂れし聖《ひじり》Saint Bernard　『鷹の井戸』「憂犬」（憂犬）

網布《チュール》垂りてみむをよしとすみのりたる白山吹の黒き粒の實　『鷹の井戸』「憂犬」（鷹の井戸）

雲の氾濫はげしき晝に眸うごくモナ・リザ・ダ・ジョコンダの像　『鷹の井戸』「憂犬」（鷹の井戸）

一枚のわが薄爪に移りゐしにんにくの香ぞ孤獨なりける　『鷹の井戸』「憂犬」（爪）

ここ過ぎて悲しみの市、と繰返すわが刻みゐる蓮のしろたへ　『鷹の井戸』「憂犬」（ここ過ぎて）

疱瘡痕《もがさあと》鈍き若者實朝の直衣は篝火に照りしや否や　『鷹の井戸』「憂犬」（篝火）

香具師の天幕はためくはきこゆ傷のごとき薔薇のごときはあらはれにけり　『鷹の井戸』「憂犬」（だんだら）

ましろなる一月某日アルベール・カミユは自動車事故に死ににき　『鷹の井戸』「憂犬」（はぐれたりな）

人間の赤ん坊が空をこぼれそむ　あなやこぼるる　音のせなくに　『鷹の井戸』「憂犬」（小現實）

疾風はとほく吹きゐつ目の前に雛のをらざる赤き階段　『鷹の井戸』「憂犬」（擦過）

郭公の啼く聲きこえ　晩年のヘンデル盲目バッハ盲目　『鷹の井戸』「山ありて水」（薄暮青天）

いなづまの薄刃の光り差せる草走れる犬のふぐり冷えたり　『鷹の井戸』「山ありて水」（薄暮青天）

われの身を境に闇の斷たれをり濃密の闇二つに斷たる　『鷹の井戸』「山ありて水」（薄暮青天）

天體は新墓《にひはか》のごと輝くを星とし言へり月とし言へり　『鷹の井戸』「山ありて水」（薄暮青天）

ビザンティン光《くわう》といへる微光のありとしてうちかさなりし朴のしらはな　『鷹の井戸』「山ありて水」（薄暮青天）

アテネ街頭海綿を積む甃《いしだたみ》ギリシアの海の雫垂りたり　『鷹の井戸』「山ありて水」（朝の鴉）

飲酒びと消息とせり「麥熟れて心嚢疼きまをしさうらふ」　『鷹の井戸』「山ありて水」（燭臺）

北晴れて空のまほろば透きゐたれかなしからざるなみだを流す　『鷹の井戸』「山ありて水」（山ありて水）

R邸の禽舎の屋根に上りゐる藍《らん》の孔雀は向きをかへたり　『鷹の井戸』「山ありて水」（龍の水）

サン・テグジュペリ醜男《しこを》なりしとげに泪こぼれて止みぬ一C・Cほど　『鷹の井戸』「山ありて水」（たれにむかひて）

一歩二歩近づききたりし少女子は祖父《おほちち》の胸の釦を外す　『鷹の井戸』「山ありて水」（むなぐるま）

ひと抱へかしこに置きてわすれたる穂芒は銀靈となりゐつ　『鷹の井戸』「山ありて水」（遊塵）

ぜんまいを薇と書くときにうす墨のけむりなしけり網なせりけり　『鷹の井戸』「山ありて水」（遊塵）

あさあけに川ありてながすうすざくらすなはち微量の銀をながす川　『鷹の井戸』「山ありて水」（遊塵）

くらがりにひとわらひたり破れ家にいくさに死なざりし人のわらふを　「短歌」53年9月「ここ過ぎて」

人のこゑあらざるところあゆみきて圖りしれざる熟柿に逢ふ　「短歌」53年1月「風星《かざぼし》」

風星《かざぼし》のおほきなる搖れゆらゆらにヤコブの梯子天に届かず　「短歌」53年1月「風星《かざぼし》」

おほき動物馬は立ちゐつ馬小屋に　まなこうれへて立ちにけらずや　「短歌」53年3月「すかあれっと」

さきの世のさらにさきの世われはゐてうつくしきかな冬の浴《ゆあみ》す　「短歌」54年2月「雅歌」

さにづらふ雅歌八章をひらきみよ「わがちちぶさは櫓《やぐら》のごとし」　「短歌」54年2月「雅歌」

荒星をみまく欲りして硝子戸に芒穗を立つること一・二本　「短歌」54年2月「雅歌」

凭《よ》りかかるキリストをみき青ざめて苦しきときに樹によりたまふ
「短歌」54年10月「星夜・草夜」

桃賣は木下におもふ乳房なきかれにちひさき妹子《いもうと》ありと
「短歌」54年10月「星夜・草夜」

雲ながれさびしき音を立つるなり卑小なる者ピアノよ、汝《なんぢ》は
「短歌」55年1月「瑠璃」

尾花みな絮《わた》となりせば絮のなかラピス・ラズリの細片ありき
「短歌」55年1月「瑠璃」

狼毛の毛筆をあがなひし心充ち心ひらめきて細き路地ゆく
「短歌研究」56年1月「貴朱」

夕鳥ら騒ぐか　やがてくらくなりやがてめしひとならん身のため
「短歌」56年1月「鳥騒《とりさゐ》」

白松《しろまつ》といふなるまぶしき針葉樹　うつし身吊らむとするにはあらず
「をがたま」56年春「空のあをみ」

翅萎えてもとほりけらし冬天使　一夜にかほをうしなひし薔薇
「をがたま」56年春「空のあをみ」

うすあをきかへるでのそよぎたちゐたり　眞言《しんごん》の意味をわれは問ひゐる
「をがたま」56年春「空のあをみ」

スパルタの蘆堅かりき青かりき少年は蘆の蓆《マット》にねむりき
「をがたま」56年秋「スパルタの蘆」

盲目少年弱法師《よろぼし》は心眼に舞ふ　見ゆるとぞ　おお　見ゆるとぞ舞ふ
「短歌」57年1月「月夜商人《つきよしやうにん》」

大きなる白蛤を水に漬く路傍に　月夜商人をりて
「短歌」57年1月「月夜商人《つきよしやうにん》」

夕星《ゆふづつ》よあはれ星彦、とうたひいでし詩人プラトー少年を愛す
「短歌」57年1月「月夜商人《つきよしやうにん》」

因州青谷紙漉く家の記憶にて白露おほくつらなりゐたり
「短歌」57年1月「月夜商人《つきよしやうにん》」

灰いろに漉きたる紙に吾は書く「イタリヤの藤淡く垂りたれ」
「短歌」57年1月「月夜商人《つきよしやうにん》」

跋

鑑賞を思い立ったのは「をがたま」の第三号に「聖六稜花綺聞」を寄稿した、昭和五十六年の夏至の頃であった。そして脱稿した直後、私はイタリアへ旅立った。七月初旬の紺青の空からは金粉の零る感あるウンブリア地方、百合の都フィオレンツァは、まさに、その市紋の花盛りであった。Luglio の Giglio ＝七月《ルリオ》の百合《ジリオ》の縁を、私は心の中でしきりに愉しんでいた。『百珠百華』は、私の久久の幻想紀行でもある。

鑑賞の対象とする百首を選ぶに際しては、『葛原妙子歌集』〈昭和四十九年九月、三一書房〉、『鷹の井戸』〈昭和五十二年十月、白玉書房〉、『鷹の井戸』上梓以後の作品、「短歌」「短歌研究」「短歌現代」のいずれも昭和五十七年一月号、「をがたま」一九八二・冬号までに発表を見たものをテキストとした。これ以外に発表の短歌作品中に、未知の傑作が、あるいはあるかも知れぬことを、ひそかに懼れている。

右の対象該当作品中から、まず五百首選び、次に二百五十首に厳選した。これ以下には削りようのない珠玉作品中から、既に個別に鑑賞文を公表したものは除外、類歌のある場合は、なかんずく光輝際立つものを採り、ほとんど目を瞑るようにして百五十首を措いて、百首を選りすぐった。欧州旅行の影響もあってか、新・旧約聖書に因を求めた作を、比較的多く選んだ他は、できるかぎり多種多様な主題の作品に目を向け、秀作の誉、夙に高い作品も、隠れた絶唱と信じるものも、逸しなかったつもりだ。

この著の推進者であり、装釘造本者を兼ねる政田岑生氏、特に出版を、望んで引受けられた花曜社社長林春樹氏の熱意を、末尾ながら記念しておこう。

昭和五十七年六月六日

著者

解説　六弁六雄蘂の聖花

尾崎まゆみ

塚本邦雄は、前衛短歌の旗手として戦後短歌に新しい風をもたらし、今も大きな影響を与え続けている歌人。活動の幅が広く、短歌が一つの完成期を迎えた第七歌集『星餐圖』（一九七一年刊）の頃発表され始めた小説の分野では、一九七〇年代に『連彈』『十二神將變』『露とこたへて業平朝臣歌物語』の三冊が泉鏡花文学賞候補となり、没後十年を過ぎてもその著作が復刊されるたびに、注目を集めている。

さらにアンソロジーと鑑賞の名手としても知られている。始まりは、第八歌集『青き菊の主題』で短歌と小説に『新古今集』の美学を語らせた頃。藤原定家の和歌百首を選んで解釈と鑑賞を付して出版された評釈『良夜爛漫』。定説を踏まえながらも独自の解釈や鑑賞を、情熱を込めて語る評釈は話題となり、俳句、短歌、歌謡、さらには古今東西の文学に至るまで「塚本邦雄」という眼によって選び抜かれたアンソロジーが、評釈としてまた、鑑賞として次々に出版された。その中にはもちろん鑑賞『百句燦燦』、評釈『茂吉秀歌』、古典歌謡鑑賞『君が愛せし』、評釈『詩華美術館』、自選自注『綠珠玲瓏館』、鑑賞『百珠百華――葛原妙子の宇宙』など、私が折に触れてひらき、詩歌の世界を散策する偏愛の書も含まれている。

それらの中で一人の歌人に焦点を当てたものは少なく、評釈『茂吉秀歌』全五巻と鑑賞『百珠百華―葛原妙子の宇宙』くらいだろう。同時代に活躍した、しかも女性歌人への詳細な鑑賞本は貴重なので、いかに葛原の短歌に魅せられていたかがわかる。

*

葛原妙子は、前衛短歌の魁《さきがけ》ともいわれる難解派として「短歌」の可能性を追求し、「歌はうつくしくあらねばならぬ」を体現した歌人。一九〇七年東京市生れ、父は外科医、母は俳人。三十二歳のとき太田水穂主宰「潮音」の社友となり四賀光子の選を受けて短歌をはじめた。三十代からの出発だがその活躍は目覚ましく、一九四九年に創立された「女人短歌会」の創立メンバーとなる。中城ふみ子の歌集『乳房喪失』を評価し、女歌への批判が吹き荒れた一九五五年には、「短歌」三月号に「再び女人の歌を閉塞するもの」を寄稿。「女歌」とは、折口信夫によって「女性の本質にかなった短歌」を説く手立てとして選ばれた言葉であり、その役目は終了している筈だとの論を展開し、短歌の評価基準をジェンダーレスへと導く道筋を付け、さらに「芸術作品に於ける現実性・即ち真実」について論争すべきだと問題を提議した。

二人の歌人の現し身の出会いは、塚本邦雄第三歌集『日本人靈歌』発行の年。葛原は当時『橙黄』、『飛行』の二冊の歌集を持ち「現代歌人協会」の発起人でもあった。歌壇の中枢にいた葛原妙子と若手歌人との出会いは、一九五八年「塚本邦雄に会う」と年表に表記されるほど重要な出会いだったようだ。そこに短歌雑誌編集者として活躍していた中井英夫の影もあり、真の理解者が現れたという葛原の感慨も透けて見えて興味深い。

　葛原妙子の『飛行』を読んだ時、ぼくは稀に見る美学の存在と、飽くことのない潜在意識の追求に感嘆を否まなかった。虚構という言葉を公然と使用し、それに拠った創作態度を表明したのも彼女が最初ではなかつたろうか。

「魔女不在」『短歌研究』昭和三十五年四月号

　塚本邦雄もまた、一九六〇年に寄稿した「魔女不在」に、葛原妙子の短歌との出会いについて、同質の美学と虚構を辞さない創作態度を貫くゆえの孤独を、年齢の離れたしかも女性の短歌に見出した喜びと共に記している。

　本書の「跋」によると、鑑賞を思い立ったのは、葛原妙子創刊季刊歌誌「をがたま」第三号に、「聖六稜花綺聞」を寄稿した一九八一年夏至の頃らしい。一九八二年七月に『百珠百華――葛原妙子の宇宙』が刊行され、次の年に「をがたま」は葛原妙子の視力障害のため終刊。時系列の背後に葛原が本を読めるうちに刊行すべしとの両者の強い思いが見えて感慨深い。

*

　豪奢にして華麗、破格にして正統ともいうべき二人の孤高の歌人によってこの世に現れた『百珠百華』は、葛原妙子の作品に的を絞ったアンソロジーとしても楽しめる構成。一首に見開き二ページの鑑賞を付した百首。遺珠百五十撰と銘打たれ、巻末に歌集収録順に並べられた百五十首。

他に、本文中の引用歌が二百五十首あまりという。総計約四千九百首に及ぶ葛原妙子の残した短歌のうち、五百首あまりがこの一冊にひしめき、蠱惑的な宇宙が体現されている。

先蹤のない文学はない。すべての短歌は広義の本歌を持っている……中略……
先蹤必ずしも障害ならず、本歌常に畏怖・迷惑の対象でないことは自明である。

本文より

序として置かれた「百韻朗朗」は「先蹤のない文学はない」と本歌の大切さを宣言する。「畏怖・迷惑の対象」ではなく、本歌の背景に広がる物語を採り込むことによって短歌は太るのだと、必要性を説く。語り口の強さに「難解派」といわれ続けた葛原妙子の短歌に対する評価へのいらだちが見えて、そこには当然当時の前衛短歌への評価に対するいらだちも重なってくるわけだが、そこでは終わらない。難解といわれる葛原の短歌を、正しく読みとるためには「一珠」に「百珠」、「一華」に「百華」の照応が必要で、それが出来るのは、和歌短歌だけではなく文学を知り尽くした私だけであるとの自負が、くっきりと浮かびあがる。当時第三巻まで刊行されていた『茂吉秀歌』の齋藤茂吉と、葛原妙子を結ぶ「魔の韻律」の系譜に著者である塚本邦雄も当然連なっている。その矜持と情熱によって語られる「魔の韻律」とは、定型詩のもつ力。

*

わがうたにわれの紋章いまだあらずたそがれのごとくかなしみきたる　『橙黄』

「われの紋章」は第一歌集所収。「紋章」一連十三首中十二首目の次に＊を置いて十三首目に置かれている。連作の棹尾に置かれた作品の重要性と、そこに託された思いに注目して始まる鑑賞は、連作の効用にも注目していて印象的。自らの短歌に「紋章」を求める若さをこの上のないものとして語り、紋章の未だない「かなしみ」だけではなく、のちに訪れる「他人のまねび、あるいはかすめとることとの不可能な紋章」を得た「かなしみ」も考察する。すでに未来の歌集を読んでいる塚本は葛原妙子の短歌に「薔薇紋《しょうびもん》」と黄金で縁取られた「百合紋《ジリオもん》」を見出しているが、後の変容を知らぬ本作から滲み出す初々しい「かなしみ」をこの上のないものとして愛でている。後半の文章は独自の紋章を持つ故の深いかなしみを、二人の歌人が語り合っているようで、心揺さぶられるものがある。百合は「六弁六雄蘂の聖花」、のちに受洗した葛原にふさわしい紋章だろう。

鑑賞とは、二人の歌人の才能がぶつかり合って生まれるもの。頁をめくるたびに、二人の歌人の表現や技法へのあくなき追求に目を瞠り、内なる渇きを表現するために言葉は必要だと、理屈ではなく、身体に響いてくるのを感じる。

＊

いまわれはうつくしきところをよぎるべし星の斑《ふ》のある鰈を下げて　『葡萄木立』

「そこを横切って作者は『何処へ行く』のか」から始まる五十三首目の鑑賞文は、「うつくしきところをよぎる」には注目するが、二句目の字余りには触れない。誰もが知っている言葉だと思い込んでいるので、深く意味を考えることの稀な「うつくしきところ」に焦点を絞る。知っているのでそのまま読み過ごすとは、なんと怖いことだろう。「うつくしきところ」は考えてみれば、曖昧な言葉。それを知る葛原はどのような場所なのか説明はしない。「うつくしい」から連想するイメージは人それぞれだと、気づくだけでも大きな収穫だが、塚本は「よぎる」と消える「われ」の存在は証明できないと続ける。「われとは何か」を素通りして、「われは存在である」と言われたようで、「我」つまり「主体」の問題は些事ではないかと、ふと思ってしまう。その衝撃を受け止めきれぬうちに、話は「鰈」の名前の絢爛へと移り、「うつくしきところをよぎるべし」に再び舞い戻る。「べし」という推量形の役割に言及し、葛原の短歌の本質を考察。この歌にあるのは、「不吉で痛切な時間」だと断定する。

表現についての真摯な探求や、完成された文体をためらうことなく崩し、さらに先へと進むことの大切さを明らかにしてくれる鑑賞の背後に、「心の渇き」を嘆くのではなく、表現しようとする意志が見える。「心の渇き」を「言葉」にゆだねようとする思いが、「短歌」の可能性を広げてゆく過程を、解明してくれるのだ。

短歌鑑賞とは、草の原に百合の花（言葉の花）が開く瞬間を吟味すること。五十首を過ぎたあたりからの、スリリングな迷宮に迷い込んでしまったような酩酊感は心地よい。

他界より眺めてあらばしづかなる的となるべきゆふぐれの水　『朱靈』

＊

葛原の代表歌としてあげられることの多い「他界」へよせる鑑賞も見逃せない。塚本は、葛原の著作『わが歌の秘密』の有名な部分「フライパンの底をとおしてぽっかりと遠い水がみえたからである。おそらくはこのフライパンの底の丸みが的水となるのにふさわしい手頃の大きさであったのかもしれぬ。」には触れない。「しづかなる的」は常識的すぎるといい、仮定順接の助詞「あらば」を受ける「べき」の連体形に疑問を呈し、「べき」を推量と断定したうえで、様々な正しい文法への道を探り、結局は最良のものとして葛原の選択に賛同の意を表すのだ。

　きびしい語法修練、添削、推敲の痕跡を感じさせぬように、まるで不用意のままで、そこにさりげなく置いたように、何か注文をつけたくなる文体のままで、一首そのものを「しづかなる的」として示したのだ。　本文より

この辺りに、塚本自身の作歌の秘密が、透けて見えるようで、短歌の読みは、はてしなく深い。

本書のもう一つの魅力は文体。塚本邦雄の語り口がそのまま活字になっているような文体なの

で、読んでゆくうちに関西風アクセントのクセの強い声が「マシンガントーク」となって聞こえてきて、その迫力に圧倒され、ついつい引き込まれてしまい、読み終わった後の酩酊感が癖になる。塚本ワールドへの入り口として最適な一冊となっている。

■著者略歴

塚本邦雄（つかもと・くにお）

一九二〇年	八月七日滋賀県神崎郡五個荘町生まれ（現：東近江市五個荘川並町）
一九三八年	滋賀県立神崎商業卒業、又一株式会社に勤務
一九四一年	呉市の広海軍工廠に徴用
一九四三年	「木槿」に入会、「青樫」同人となる
一九四七年	「日本歌人」の前川佐美雄に師事
一九四九年	杉原一司と同人誌「メトード」創刊
一九五一年	『水葬物語』で歌壇にデビュー
一九五九年	第三歌集『日本人靈歌』にて第三回現代歌人協会賞受賞
一九六〇年	同人誌「極」を岡井隆、寺山修司らと創刊
一九八五年	歌誌「玲瓏」主宰となる
一九八七年	第一五歌集『詩歌變』にて第二回詩歌文学館賞受賞
一九八八年	第一八回銀花薫章受章
一九八九年	近畿大学教授となる
	第一六歌集『不變律』にて第二三回釈迢空賞受賞
一九九〇年	紫綬褒章受章
一九九二年	第一八歌集『黄金律』にて第三回齋藤茂吉短歌文学賞受賞
一九九三年	第一九歌集『魔王』にて第一六回現代短歌大賞受賞
一九九七年	勲四等旭日小綬章受章
一九九八〜二〇〇一年	塚本邦雄全集全一五巻別巻一刊行
	歌集、小説、評論等、著書約三〇〇冊
二〇〇五年	六月九日逝去、享年八六。命日は『神變忌《しんぺんき》』

本書はより多くの読者に親しんでもらいたいと考え、著作権継承者の塚本青史氏と相談の上、地の文については新漢字・新仮名遣いを基本とした。校正・校閲に関しては尾崎まゆみ氏と佐藤弓生氏にご協力いただいた。ここに感謝申し上げる。（編集部）

新版　百珠百華——葛原妙子の宇宙

二〇二四年六月九日　第一刷発行

著　者　塚本邦雄
発行者　池田雪
発行所　株式会社　書肆侃侃房（しょしかんかんぼう）
〒八一〇・〇〇四一
福岡市中央区大名二・八・十八・五〇一
TEL：〇九二・七三五・二八〇二
FAX：〇九二・七三五・二七九二
http://www.kankanbou.com　info@kankanbou.com

編　集　田島安江・藤枝大・兒﨑汐美
DTP　黒木留実
印刷・製本　モリモト印刷株式会社

ISBN978-4-86385-617-2　C0095

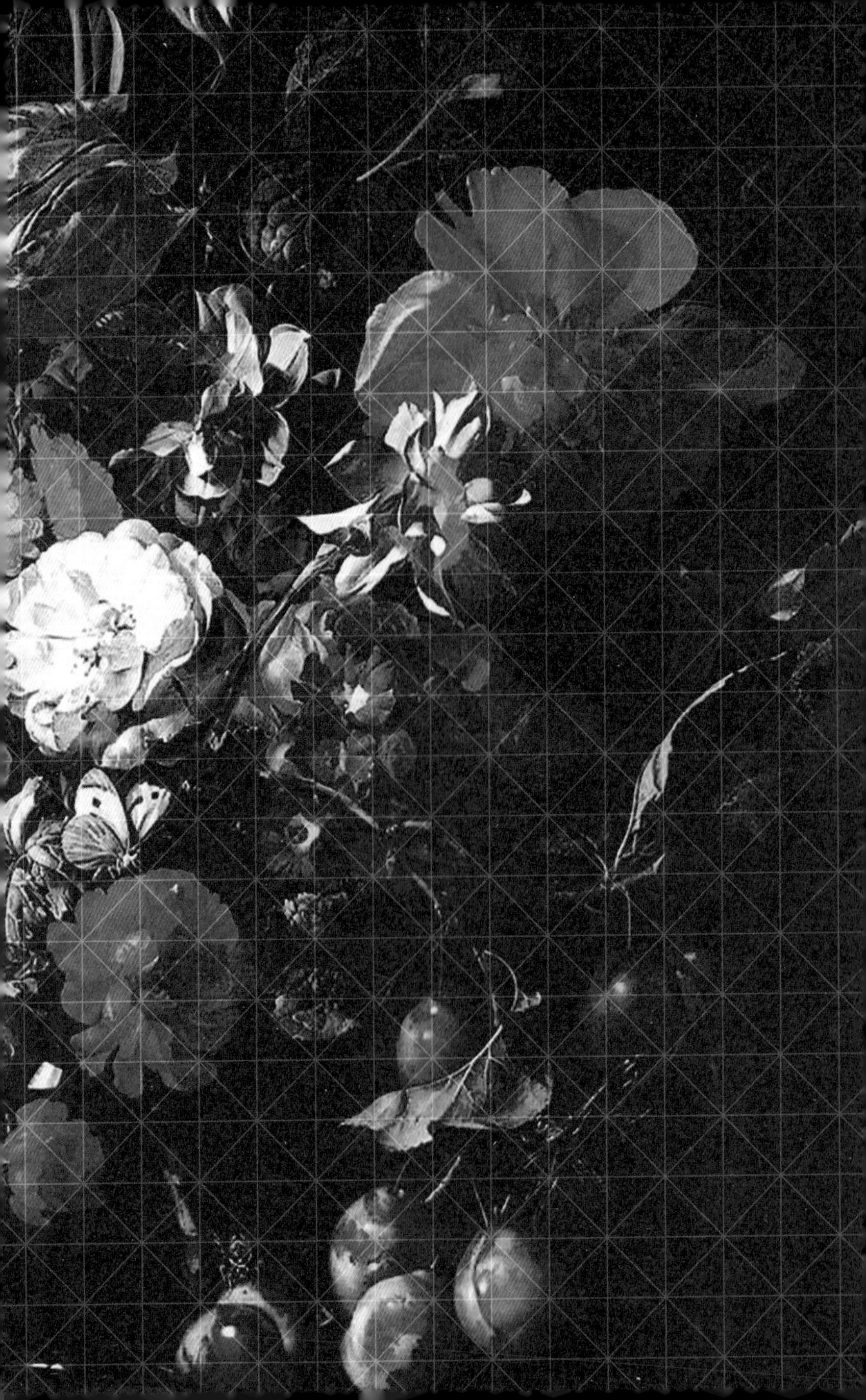